Que presente te dar

Affonso Romano
de Sant'anna

Que presente te dar

LeYa

Diretor editorial: Pascoal Soto
Editora executiva: Tainã Bispo
Editora assistente: Ana Carolina Gasonato
Produção editorial: Fernanda Ohosaku, Renata Alves e Maitê Zickuhr
Revisão de textos: Eliane Usui
Capa: Ideias com Peso/Luís Alegre

Dados Internacionais de Catalogação na Publicação (CIP)
(Câmara Brasileira do Livro, SP, Brasil)

Sant'anna, Affonso Romano de
Que presente te dar / Affonso Romano de Sant'anna – São Paulo : Leya, 2013.
176 p.

ISBN 978-85-8044-771-2

1. Literatura brasileira - Crônicas I. Título

13-0233 CDD-B869.8

Índice para catálogo sistemático
1. Literatura brasileira - Crônicas

2013

TEXTO EDITORES LTDA.
[Uma editora do Grupo LeYa]
Rua Desembargador Paulo Passaláqua, 86
01248-010 - Pacaembu - São Paulo - SP - Brasil
www.leya.com.br

SUMÁRIO

A mulher madura

O rosto da mulher madura entrou na moldura de meus olhos.

De repente, a surpreendo num banco olhando de soslaio, aguardando sua vez no balcão. Outras vezes ela passa por mim na rua entre os camelôs. Vezes outras a entrevejo no espelho de uma joalheria. A mulher madura, com seu rosto denso esculpido como o de uma atriz grega, tem qualquer coisa de Melina Mercouri ou de Anouke Aimé.

Há uma serenidade nos seus gestos, longe dos desperdícios da adolescência, quando se esbanjam pernas, braços e bocas ruidosamente. A adolescente não sabe ainda os limites do seu corpo e vai florescendo estabanada. É como um nadador principiante, faz muito barulho, joga muita água para os lados. Enfim, desborda.

A mulher madura nada no tempo e flui com a serenidade de um peixe. O silêncio em torno de seus gestos tem algo do repouso da garça sobre o lago. Seu olhar sobre os objetos não é de gula ou de concupiscência. Seus olhos não violam as coisas, mas as envolvem ternamente. Sabem a distância entre seu corpo e o mundo.

A mulher madura é assim: tem algo de orquídea que brota exclusiva de um tronco, inteira. Não é um canteiro de margaridas jovens tagarelando nas manhãs.

A adolescente, com o brilho de seus cabelos, com essa irradiação que vem dos dentes e dos olhos, nos extasia. Mas a mulher madura tem um som de adágio em suas formas. E até no gozo ela soa com a profundidade de um violoncelo e a sutileza de um oboé sobre a campina do leito.

A boca da mulher madura tem uma indizível sabedoria. Ela chorou na madrugada e abriu-se em opaco espanto. Ela conheceu a traição e ela mesma saiu sozinha para se deixar invadir pela dimensão de outros corpos. Por isto as suas mãos são líricas no drama e repõem no seu corpo um aprendizado da macia paina de setembro e abril.

O corpo da mulher madura é um corpo que já tem história. Inscrições se fizeram em sua superfície. Seu corpo não é, como na adolescência, uma pura e agreste possibilidade. Ela conhece seus mecanismos, apalpa suas mensagens, decodifica as ameaças numa intimidade respeitosa.

Sei que falo de uma certa mulher madura localizada numa classe social, e os mais politizados têm que ter condescendência e me entender. A maturidade também vem à mulher pobre, mas vem com tal violência que o verde se perverte e sobre os casebres e corpos tudo se reveste de uma marrom tristeza.

Na verdade, talvez a mulher madura não se saiba assim inteira ante seu olho interior. Talvez a sua aura se inscreva melhor no olho exterior, que a maturidade é também algo que o outro nos confere, complementarmente. Maturidade é essa coisa dupla: um jogo de espelhos revelador.

Cada idade tem seu esplendor. É um equívoco pensá-lo apenas como um relâmpago de juventude, um brilho de raquetes e pernas sobre as praias do tempo. Cada idade tem seu brilho e é preciso que cada um descubra o fulgor do próprio corpo.

A mulher madura está pronta para algo definitivo.

Merece, por exemplo, sentar-se naquela praça de Siena à tarde acompanhando com o complacente olhar o voo das andorinhas e as crianças a brincar. A mulher madura tem esse ar de que, enfim, está pronta para ir à Grécia. Descolou-se da superfície das coisas. Merece profundidades. Por isto, pode-se dizer que a mulher madura não ostenta joias. As joias brotaram de seu tronco, incorporaram-se naturalmente ao seu rosto, como se fossem prendas do tempo.

A mulher madura é um ser luminoso e repousante às quatro horas da tarde, quando as sereias se banham e saem discretamente perfumadas com seus filhos pelos parques do dia. Pena que seu marido não note, perdido que está nos escritórios e mesquinhas ações nos múltiplos mercados dos gestos. Ele não sabe, mas deveria voltar para casa tão maduro quanto Yves Montand e Paul Newman, quando nos seus filmes.

Sobretudo, o primeiro namorado ou o primeiro marido não sabem o que perderam em não esperá-la madurar. Ali está uma mulher madura, mais que nunca pronta para quem a souber amar.

Fazer 30 anos

Quatro pessoas, num mesmo dia, me dizem que vão fazer 30 anos. E me anunciam isto com uma certa gravidade. Nenhuma está dizendo: vou tomar um sorvete na esquina, ou: vou ali comprar um jornal. Na verdade estão proclamando: vou fazer 30 anos e, por favor, prestem atenção, quero cumplicidade, porque estou no limiar de alguma coisa grave.

Antes dos 30 as coisas são diferentes. Claro que há algumas datas significativas, mas fazer 7, 14, 18 ou 21 é ir numa escalada montanha acima, enquanto fazer 30 anos é chegar no primeiro grande patamar de onde se pode mais agudamente descortinar.

Fazer 40, 50 ou 60 é um outro ritual, uma outra crônica, e um dia eu chego lá. Mas fazer 30 anos é mais que um rito de passagem, é um rito de iniciação, um ato realmente inaugural. Talvez haja quem faça 30 anos aos 25, outros aos 45, e alguns, nunca. Sei que tem gente que não fará jamais 30 anos. Não há como obrigá-los. Não sabem o que perdem os que não querem celebrar os 30 anos. Fazer 30 anos é coisa fina, é começar a provar do néctar dos deuses e descobrir que sabor tem a eternidade. O paladar, o tato, o olfato, a visão e todos os sentidos estão começando a tirar prazeres indizíveis das coisas. Fazer 30 anos, bem poderia dizer Clarice Lispector, é cair em área sagrada.

Até os 30, me dizia um amigo, a gente vai emitindo promissórias. A partir daí é hora de começar a pagar. Mas também se poderia dizer: até essa idade fez-se o aprendizado básico. Cumpriu-se o longo ciclo escolar, que parecia interminável, já se foi do primário ao doutorado. A profissão já deve ter sido escolhida. Já se teve a primeira mesa de trabalho, escritório ou negócio. Já se casou a primeira vez, já se teve o primeiro filho. A vida já se inaugurou em fraldas, fotos, festas, viagens, todo tipo de viagens, até das drogas já retornou quem tinha que retornar.

Quando alguém faz 30 anos, não creiam que seja uma coisa fácil. Não é simplesmente, como num jogo de amarelinha, pular da casa dos 29 para a dos 30 saltitantemente. Fazer 30 anos é cair numa epifania. Fazer 30 anos é como ir à Europa pela primeira vez. Fazer 30 anos é como o mineiro vê pela primeira vez o mar.

Um dia eu fiz 30 anos. Estava ali no estrangeiro, estranho em toda a estranheza do ser, à beira-mar, na Califórnia. Era um homem e seus 30 anos. Mais que isto: um homem e seus 30 anos. Um homem e seus 30 corpos, como os anéis de um tronco, cheio de eus e nós, arborizado, arborizando, ao sol e a sós.

Na verdade, fazer 30 anos não é para qualquer um. Fazer 30 anos é, de repente, descobrir-se no tempo. Antes, vive-se no espaço. Viver no espaço é mais fácil e deslizante. É mais corporal e objetivo. Pode-se patinar e esquiar amplamente.

Mas fazer 30 anos é como sair do espaço e penetrar no tempo. E penetrar no tempo é mister de grande responsabilidade. É descobrir outra dimensão além dos dedos da mão. É como se algo mais denso se tivesse criado sob a couraça da casca. Algo, no entanto, mais tênue que uma membrana. Algo como um centro, às vezes móvel, é verdade, mas um centro de dor colorido. Algo mais que uma nebulosa, algo assim pulsante que se entreabrisse em sementes.

Aos 30 já se aprendeu os limites da ilha, já se sabe de onde sopram os tufões e, como o náufrago que se salva, é hora de se autocartografar. Já se sabe que um tempo em nós destila, que no tempo nos deslocamos, que no tempo a gente se dilui e se dilema. Fazer 30 anos é como uma pedra que já não precisa exibir preciosidade, porque já não cabe em preços. É como a ave que canta, não para se denunciar, senão para amanhecer.

Fazer 30 anos é passar da reta à curva. Fazer 30 anos é passar da quantidade à qualidade. Fazer 30 anos é passar do espaço ao tempo. É quando se operam maravilhas como a um cego em Jericó.

Fazer 30 anos é mais do que chegar ao primeiro grande patamar. É mais que poder olhar para trás. Chegar aos 30 é hora de se abismar. Por isto é necessário ter asas, e sobre o abismo voar.

Despir um corpo a primeira vez

Despir um corpo a primeira vez é um acontecimento entre dois deuses. Não se pode profanar o instante. E os amantes devem manter o ritmo dos altares. Porque, embora nesses rituais haja sempre panos e trajes para agradar ao Olimpo, é para a nudez total que o céu nos quer arrebatar.

As mãos têm que ter um compasso certo. Um andante ou largo de Bach nos gestos, compondo a alegria de homens e mulheres. As mãos, sobretudo, não podem se apressar. Com os olhos têm que aprender e, com a ponta dos dedos, contemplar os acordes que irão surgindo quando, peça por peça, o corpo for se desvestindo ao pé do altar.

Antes de se tocar com as mãos e os lábios, na verdade, já se tocou o corpo alheio com um distraído olhar sempre envolvente. E ninguém toca um corpo impunemente. Despir um corpo a primeira vez não pode ser coisa de poeta desatento colhendo futilmente a flor oferta num abundante canteiro de poesia. Nem pode ser coisa de um puro microscopista que olhe as coisas sabiamente. Se tem que ser de sábio o olhar, que seja do botânico, porque esse sabe aflorar em cada espécie o que cada espécie tem de mais secreto ou distante, o que cada espécie sabe dar.

Despir um corpo pela primeira vez é conhecer pela primeira vez uma cidade. E os corpos das cidades têm portas para abrir, jardins de repousar, torres e altitudes que excitam a visitação. Algumas cidades sitiadas caem ao som de trombetas, outras se entregam porque não mais suportam a sede e fome de amar. As cidades têm limites e resistência. E, como o corpo, querem alguém que as habite com intimidade solar.

Gêngis Khan, Átila ou qualquer conquistador vulgar tem com as cidades e corpos uma estranha relação. O objetivo é a devassa e a dominação. Conquistada a cidade, a ordem é marchar.

Por isso, cuidado para não se acercar do outro apenas com esse olhar guerreiro ou com esse olhar tolo de turista. O turista, embora procure os sabores típicos, é um *voyeurista* que só quer fotografar. Mas há turistas e turistas, e o pior turista é aquele que olha sem olhar. É um perdido marinheiro que está preso em algum porto, que não se permite num outro corpo inteiramente desembarcar.

Quando os corpos se tocam por acaso, como se estivessem indo em direções diferentes, o que ocorre é desperdício. Não se pode tocar um corpo impunemente. E para se tocar um corpo completa e profundamente num dado instante, os corpos têm que convergir. E convergir com uma lua diferente. A descoberta do outro é isso, é convergência.

Despir um corpo a primeira vez é como despir um presente. Por isso não se pode desembrulhá-lo assim às pressas, embora a gula nos precipite afoitos sobre a pele oferta. Não se pode com mãos infantis descompassadas ir rasgando invólucros, arrebentando cordões com a gula que as crianças só têm nas confeitarias antes da indigestão.

Despir um corpo a primeira vez, para usar uma imagem conhecida, é mais que ir a primeira vez à Europa. Pode ser, ao contrário, desembarcar pela primeira vez na América sobre a nudez do desconhecido. É descobrir na pele alheia mais que a pele dele, a nossa pele índia. E volto àquela imagem: despir um corpo a primeira vez é tão marcante quanto a vez primeira que um mineiro viu o mar.

Um corpo é surpresa sempre. E o que se vê nas praias, nessa pública ostentação, nesse exercício coletivo de nudez total negaceada, em nada tira a eufórica contenção do ato, quando os dedos vão desatando botões e beijos e rompendo as presilhas das carícias. Despir um corpo a primeira vez não é coisa para amador. Só se o amador for amador da arte de amar. Porque o corpo do outro não pode ter a sensação de perda, mas a certeza de que algo nele se somou, que ele é um objeto luminoso que a outros deve iluminar.

Um corpo a primeira vez, no entanto, é frágil e pode trincar em alguma parte. E os menos resistentes se partem quando aquele que os toca, os toca apenas com a cobiça e nunca com a generosa mansidão de quem veio pela primeira vez, e sempre, para amar.

Antes que elas cresçam

Há um período em que os pais vão ficando órfãos dos próprios filhos. É que as crianças crescem. Independentes de nós, como árvores tagarelas e pássaros estabanados, elas crescem sem pedir licença. Crescem como a inflação independente do governo e da vontade popular. Entre os estupros dos preços, os disparos dos discursos e o assalto das estações, elas crescem com uma estridência alegre e, às vezes, com alardeada arrogância.

Mas não crescem todos os dias, de igual maneira: crescem de repente. Um dia se assentam perto de você no terraço e dizem uma frase de tal maturidade, que você sente que não pode mais trocar as fraldas daquela criatura.

Onde é que andou crescendo aquela danadinha, que você não percebia? Cadê aquele cheirinho de leite sobre a pele? Cadê a pazinha de brincar na areia, as festinhas de aniversário com palhaços, amiguinhos e o primeiro uniforme do maternal ou da escola experimental?

Ela está crescendo num ritual de obediência orgânica e desobediência civil. E você agora está ali na porta da discoteca esperando que ela não apenas cresça, mas apareça.

Ali estão muitos pais, ao volante, esperando que saiam esfuziantes sobre patins, cabelos soltos sobre as ancas. Essas são as nossas filhas, em pleno cio, lindas potrancas.

Entre hambúrgueres e refrigerantes nas esquinas, lá estão elas, com o uniforme de sua geração: incômodas mochilas da moda nos ombros ou então com o suéter amarrado na cintura. Está quente, a gente diz que vão estragar o suéter, mas não tem jeito, é o emblema da geração.

Pois ali estamos, depois do primeiro ou segundo casamento, com essa barba de jovem executivo ou intelectual em ascensão, as mães, às vezes, já com a primeira plástica e o casamento recomposto. Essas são as filhas que conseguimos gerar apesar dos golpes dos ventos, das colheitas das notícias e das ditaduras das horas. E elas crescem, meio amestradas, vendo como redigimos nossas teses e nos doutoramos nos nossos erros.

Há um período em que os pais vão ficando órfãos dos próprios filhos.

Longe já vai o momento em que o primeiro mênstruo foi recebido como um impacto de rosas vermelhas. Não mais as colheremos nas portas das discotecas e festas, quando surgiam entre gírias e canções. Passou o tempo do balé, da cultura francesa e inglesa. Saíram do banco de trás e passaram para o volante das próprias vidas. Só nos resta dizer "bonne route, bonne route", como naquela canção francesa narrando a emoção do pai quando a filha lhe oferece o primeiro jantar no apartamento dela.

Deveríamos ter ido mais vezes à cama delas ao anoitecer para ouvir sua alma respirando conversas e confidências entre os lençóis da infância e os adolescentes cobertos naquele quarto cheio de colagens, pôsteres e agendas coloridas de pilot. Não, não as levamos suficientes vezes ao maldito drive-in, ao Tablado para ver Pluft, não lhes demos suficientes hambúrgueres e cocas, não lhes compramos todos os sorvetes e roupas merecidas.

Elas cresceram sem que esgotássemos nelas todo nosso afeto.

No princípio subiam a serra ou iam à casa de praia entre embrulhos, comidas, engarrafamentos, natais, páscoas, piscinas e amiguinhas. Sim, havia as brigas dentro do carro, disputa pela janela, pedidos de sorvetes e sanduíches, cantorias infantis. Depois chegou a idade em que subir para a casa de campo com os pais começou a ser um esforço, um sofrimento, pois era impossível largar a turma aqui na praia e os primeiros namorados. Esse exílio dos pais, esse divórcio dos filhos, vai durar sete anos bíblicos. Agora é hora dos pais nas montanhas terem a solidão que queriam, mas, de repente, exalarem contagiosa saudade daquelas pestes.

O jeito é esperar. Qualquer hora podem nos dar netos. O neto é a hora do carinho ocioso e estocado, não exercido nos próprios filhos, e que não pode morrer conosco. Por isto os avós são tão desmesurados e distribuem tão incontrolável afeição. Os netos são a última oportunidade de reeditar o nosso afeto.

Por isto é necessário fazer alguma coisa a mais, antes que elas cresçam.

Quando os amantes dormem

> Aussi longtemps que tu voudras
> Nous dormirons ensemble.
>
> *ARAGON*

Quando as pessoas se amam ou querem se amar, selam um pacto: dormir juntas. E quando se fala "dormir junto", o sentido é duplo: significa primeiro amar acordado em plena vigília da carne, mas, depois, na lassidão do pós-gozo, deixar os corpos lado a lado, à deriva, dormindo, talvez.

Na verdade, os amantes, quando são amantes mesmo, mesmo enquanto dormem se amam.

Agora ouço esses versos de Aragon cantados por Ferrat: "Durante o tempo que você quiser/ Nós dormiremos juntos". E penso. É um projeto de vida, dormir juntos, continuadamente. A mesma ambiguidade: dormir/amar juntos, dormir/acordar juntos, ou, então, dormir/morrer de amor juntos.

Deve ser por causa disto que os franceses chamam o orgasmo de "pequena morte". Deve ser por isto que os amantes julgam poder continuar amando mesmo através da morte, como Inês de Castro e Dom Pedro, que foram sepultados um diante do outro, para que no dia do reencontro um seja o primeiro que o outro veja.

Amor: um projeto de vida, um projeto de morte.

Se numa noite dessas o vento da insônia soprar em suas frestas, repare no corpo dormindo despojado ao seu lado. Ver o outro dormir é negócio de muita responsabilidade. Mais que ver as águas de um rio represado gerando uma usina de sonhos, é ver uma semente na noite pedindo um guardião.

Pode ser banal, mas é isto: amar é ser guardião do sonho alheio.

Os surrealistas diziam: o poeta enquanto dorme trabalha. Pois os amantes, enquanto dormem, se amam. Se amam inconscientemente, quando seus desejos enlaçam raízes e seivas. O pé de um toca o pé do outro, a mão espalmada corre sobre o lençol e toca o corpo alheio e, dormindo, se abraçam aninhados.

Quando isto ocorre, pode ter vários significados. Talvez um tenha lançado um apelo silencioso ao outro: "ajude-me a atravessar esse sonho" ou "venha, sonhe esse sonho comigo, é bonito demais". E o outro, às vezes, sem se mexer, parte em seu socorro. É que certos sonhos, sobretudo os de quem ama, não cabem num só corpo. Transbordam os poros da noite e pedem cumplicidade. E se há um pesadelo, aí um se agarra ao tronco do outro na crispação do instante, e o corpo do parceiro é boia na escuridão.

Por isto, no ritual do casamento, quando o sacerdote indaga se os que se amam sabem que terão que se socorrer na saúde e na doença, na opulência e na miséria etc., deveria se inserir um tópico a mais e advertir: amar é ser cúmplice do sonho alheio.

Passar a metade da vida dormindo ao lado do outro. Há pessoas que vivem 25 anos — bodas de prata —, 50 anos — bodas de ouro —, 75 anos — bodas de diamante — ao lado do outro, e não sabem com que o outro sonha. E há quem passe uma tarde, uma noite ou temporada ao lado de um corpo e sabe seus sonhos para sempre.

Engana-se quem escuta o silêncio no quarto dos que amam. Estranhos rumores percorrem o sonho alheio. Não é o rugir do tigre pelas brenhas. Não é o bater das ondas na enseada. Nem os pássaros perfurando a madrugada. São os sonhos dos amantes em plena elaboração. E se numa noite dessas o vento da insônia de novo soprar em suas frestas, olhe pela janela os muitos apartamentos onde pulsam dormindo os amorosos. Quando se compra um apartamento novo, nas alturas, alguns compram lunetas e ficam vasculhando a vida alheia. Mas para ouvir o ruído dos sonhos basta abrir os ouvidos na escuridão. Os sonhos pulsam na madrugada.

Era uma vez um chinês que toda vez que sonhava com sua amada acordava perfumado. Deve ser por isto que, ainda hoje, o quarto dos amantes amanhece com um perfume de almíscar, lavanda e alfazema. E é comum achar troféus dos sonhos ao pé da cama de quem ama. Quando se abre a pálpebra do dia, aí pode-se ver um unicórnio de ouro e uma coroa de rubis.

À noite os sonhos dos amantes se cristalizam e de dia se liquefazem em beijo e lágrimas. Quem ama diz boa-noite como quem abre/fecha a porta de um jardim. Não apenas como quem viaja, mas como quem vai para a colheita.

Quando se ama, acontece de um habitar o sonho do outro, e fecundá-lo.

A inveja

Motivos os mais variados têm me levado a examinar mais de perto o fenômeno da inveja. Um amigo, por exemplo, me conta que trouxe do interior um colega de infância, abriu-lhe a casa e a família, arranjou-lhe lugar na própria firma, e tudo ia bem, quando daí a anos notou que o outro estava fraudando a empresa e tentando arruiná-la. Chamou-o para uma conversa e o amigo fez--lhe revelação dolorosa: sentia-se "sufocado" pela generosidade do outro, tentou ser como ele, "imitá-lo". Não conseguindo, resolveu destruí-lo.

É patético. Lembra aquela estorinha bem antiga do homem que achou uma serpente na neve, ficou penalizado, abrigou-a no peito e, quando a serpente se reanimou, picou seu benfeitor. Lembro-me de uma estória policial na minha infância: uma velhinha foi assassinada por dois homens que ela acolhia há dez anos, cedendo-lhes um quarto no quintal da casa. Na polícia, os assassinos não conseguiam explicar seu crime.

Esses assassinos, aquela serpente e o amigo fraudulento não sabem, mas estão explicados num ensaio de

Melanie Klein: "Inveja e gratidão". Nunca havia pensado na relação entre os dois sentimentos. E ela existe.

Para Melanie Klein, a criança tem, em relação ao seio materno, uma sensação de amor, realização e gratificação, ou um sentimento de ódio, inveja e destruição. Existe um componente oral e anal sádico na inveja. Para outros, como Karl Abraham, o invejoso é um indivíduo com problemas mal resolvidos na fase anal de sua formação. Seja como for, é melhor ir acompanhando a sabedoria popular e pôr uma cabeça de alho sobre a mesa de trabalho, andar com um ramo de arruda na orelha, porque a inveja e o mau-olhado podem matar.

Lembram-se daquela peça e filme Amadeus? O texto de Peter Shaffer retrata clinicamente a inveja de Salieri, o esforçado professor de música, diante da genialidade criadora de Mozart. A inveja era tanta que ele tentou envenenar o compositor. Sua inveja o envenenava tanto que resolveu injetar veneno na vida de seu modelo e ídolo.

Dizem que essa teria sido uma das causas da morte de Mozart. O fato é que na peça-filme, já velho, Salieri tenta o suicídio.

À primeira vista, ele teria tentado se matar por remorso. Não é só isto. Como a inveja é uma construção neurótica, o desaparecimento do objeto da inveja não resolve o problema. O invejoso pode trocar de objeto de inveja ou introjetá-lo de tal modo, como Salieri, que a única maneira de matá-lo definitivamente é matar-se a si mesmo, pensando que assim ficará livre do outro, que na verdade é uma invenção dele.

Carlos Byinton tem uma original interpretação de Amadeus, na qual estuda a inveja de uma forma mais ampla. Para ele, a inveja não é necessariamente ruim. É um sentimento que deve ser vivenciado por todos. Faz parte dos mecanismos de estruturação do ego. Mas há um limite entre a inveja normal e a inveja patológica. Nesta, o invejoso é um animal predador, vive no lado negativo do ser: na "sombra". O invejoso, ao invés de agir positivamente, tomando o outro como elemento estruturante do que os junguianos chamam "self", parte para a destruição.

É complicadíssima a cabeça do invejoso patológico. Dizem os especialistas (confirmando as três estorinhas iniciais) que o invejoso não suporta a generosidade. Agora vejam que problema para o generoso. Como entender que fazer o bem faz mal? E mais: o invejoso carrega "ansiedade persecutória". Vive inventando que o estão perseguindo, tentando segurá-lo, boicotá-lo. E uma das suas especialidades é o cochicho, as meias-palavras à sombra. Raramente vem à luz. Não suporta o confronto, só de viés.

Vejam exemplo das tortuosidades da cabeça do invejoso: "Parece que uma sequência da inveja excessiva é uma originária sensação de culpa. Se a culpa prematura é experimentada por um ego ainda incapaz de suportá-la, a culpa é vivida como perseguição, e o objeto que desperta a culpa é tido como um perseguidor".

Curiosamente, Melanie Klein dedica alguns parágrafos de seu estudo sobre a inveja ao que chama de "crítica destrutiva". Refere-se especificamente à literatura. Cita

Chaucer, que fala do pecado da inveja literária e transcreve os versos de Spencer, nos quais o criticador invejoso surge como o que difama e cospe veneno de sua boca leprosa sobre o que o outro escreve.

Isso me lembra de quando Jorge Amado publicou nos anos 1950 "Gabriela, cravo e canela". Um Salieri desses escreveu num jornal de São Paulo um artigo que começava assim: "Eu não sou crítico literário. Mas, em compensação, Jorge Amado também não é romancista". Não é uma maravilha? Aquele que não era nada queria nadificar também o outro.

Melanie Klein se refere à crítica literária que dialoga e ajuda a obra do outro a se desenvolver. Guimarães Rosa também fala disto, do crítico que ajuda o autor a escrever sua obra.

O invejoso fica possesso que o invejado não o inveje. O invejado tem o que ao invejoso falta: a paz, a sanidade mental e a capacidade de produzir criativamente.

Claro que, além disto, um dentinho de alho, um raminho de arruda e um talismã também ajudam.

Envelhecer: com mel ou fel?

Conheço algumas pessoas que estão envelhecendo mal. Desconfortavelmente. Com uma infelicidade crua na alma. Estão ficando velhas, mas não estão ficando sábias. Um rancor cobre-lhes a pele, a escrita e o gesto. São críticos azedos do mundo. Em vez de críticos, aliás, estão ficando cítricos, sem nenhuma doçura nas palavras. Estão amargos. Com fel nos olhos.

E alguns desses, no entanto, teriam tudo para ser o contrário: aparentemente tiveram sucesso em suas atividades. Maior até do que mereciam. Portanto, a gente pensa: o que querem? Por que essa bílis ao telefone e nos bares? Por que esse resmungo pelos cantos e esse sarcasmo público que se pensa humor?

Isto está errado. Errado, não porque esteja simplesmente errado, mas porque tais pessoas vivem numa infelicidade abstrusa. E, ademais, dever-se-ia envelhecer maciamente. Nunca aos solavancos. Nunca aos trancos e barrancos. Nunca como alguém caindo num abismo e se agarrando nos galhos e pedras, olhando em pânico para o buraco enquanto despenca. Jamais, também, como quem está se afogando, se asfixiando ou morrendo numa câmara de gás.

Envelhecer deveria ser como plainar. Como quem não sofre mais (tanto) com os inevitáveis atritos. Assim como a nave que sai do desgaste da atmosfera e vai entrando noutro astral, e vai silente, e vai gastando nenhum-quase combustível, flutuando como uma caravela no mar ou uma cápsula no cosmos.

Os elefantes, por exemplo, envelhecem bem. E olha que é uma tarefa enorme. Não se queixam do peso dos anos, nem da ruga do tempo e, quando percebem a hora da morte, caminham pausadamente para um certo e mesmo lugar — o cemitério dos elefantes —, e aí morrem, completamente, com a grandeza existencial só aos grandes permitida.

Os vinhos envelhecem melhor ainda. Ficam ali nos limites de sua garrafa, na espessura de seu sabor, na adega do prazer. E vão envelhecendo e ganhando vida, envelhecendo e sendo amados, e, porque velhos, desejados. Os vinhos envelhecem densamente. E dão prazer.

O problema da velhice também se dá com certos instrumentos. Não me refiro aos que enferrujam pelos cantos, mas a um envelhecimento atuante como o da faca. Nela o corte diário dos dias a vai consumindo. E, no entanto, ela continua afiadíssima, encaixando-se nas mãos da cozinheira como nenhuma faca nova.

Vai ver, a natureza deveria ter feito os homens envelhecerem de modo diferente. Como as facas, digamos, por desgaste, sim, mas nunca desgastante. Seria a suave solução: a gente devia ir se gastando, se gastando, se gastando até desaparecer sem dor, como quem, caminhando contra o vento, de repente, se evaporasse. E iam perguntar: cadê fulano? E alguém diria — gastou-se, foi vivendo, vivendo e acabou. Acabou, é claro, sem nenhum gemido ou resmungo.

Isto seria muito diferente de ir envelhecendo por um processo de humilhações sucessivas como essa coisa de ir deixando rins, pulmão, dentes e intestinos pelas mesas de cirurgia, numa mutiladora dispersão.

Acho que o que atrapalha alguns maus envelhecedores é a desmesurada projeção que fizeram de si mesmos. Dimensionaram-se equivocadamente. Deveria ser proibido, por algum mecanismo biológico, colocarmos metas acima de nossas forças. Seria a única solução para acabar de vez com a fábula da raposa e as uvas. Assim, a raposa não envelheceria resmungando por não ter devorado o que não lhe pertencia. Deveria, portanto, haver algo que desligasse nossos impulsos toda vez que quiséssemos saltar obstáculos para os quais não temos músculos. Assim, sofreríamos menos e não nos amargaríamos por não termos tido certas mulheres, conquistado certos reinos, escrito certas obras-primas.

A literatura tem lá seus personagens-símbolos a esse respeito: o Fausto e o Dorian Gray. Apavorados com a velhice e a morte, venderam a alma ao diabo e pediram a juventude de volta. Não deu certo. O diabo não joga para perder. Dizem que a única vez que foi realmente derrotado foi naquela disputa com o próprio Deus a respeito de Jó. Mesmo assim, deu um trabalho danado.

Especialistas dirão que envelhece mal o indivíduo que não realizou suas pulsões eróticas essenciais: aquele que deixou coagulada ou oculta uma grande parte de seus desejos. Isso é verdade. Parcial, porém. Pois não se sabe por que estranhos caminhos de sublimação há pessoas que, embora roxas de levar tanta pancada na vida, têm, contudo, um arco-íris na alma.

Bilac dizia que a gente deveria aprender a envelhecer com as velhas árvores. Walt Whitman tem um poema em que vai dizendo: "Penso que podia ir viver com os animais, que são tão plácidos e bastam-se a si mesmos".

Ainda agora tirei os olhos do papel e olhei a natureza em torno. Nunca vi o Sol se queixar no entardecer. Nem a Lua chorar quando amanhece.

O homem que conheceu o amor

Do alto de seus oitenta anos, me disse: "Na verdade, fui muito amado." E dizia isto com tal plenitude como quem dissesse: sempre me trouxeram flores, sempre comi ostras à beira-mar.

Não havia arrogância em sua frase, mas algo entre a humildade e a petulância sagrada. Parecia um pintor, que olhando o quadro terminado assina seu nome embaixo. Havia um certo fastio em suas palavras e gestos. Retirava-se de um banquete satisfeito. Parecia pronto para morrer, já que sempre estivera pronto para amar.

Se eu fosse rei ou prefeito, teria mandado erguer-lhe uma estátua. Mas, do jeito que falava, ele pedia apenas que no seu túmulo eu escrevesse: "Aqui jaz um homem que amou e foi amado". E aquele homem me confessou que amava sem nenhuma coerção. Não lhe encostei a faca no peito cobrando algo. Ele é que tinha algo a me oferecer. Foi muito diferente daqueles que não confessam seus sentimentos nem mesmo debaixo de um "pau-de-arara": estão ali se afogando de paixão, levando choques de amor, mas não se entregam. E, no entanto, basta ler-lhes a ficha que está tudo lá: traficante ou guerrilheiro do amor.

Uns dizem: casei várias vezes. Outros assinalam: fiz vários filhos. Outro dia, li numa revista um conhecido ator dizendo: tive todas as mulheres que quis. Outros ainda dizem: não posso viver sem fulana (ou fulano). Na Bíblia está que Abraão gerou Isac, Isac gerou Jacó e Jacó gerou as doze tribos de Israel. Mas nenhum deles disse: "Na verdade, fui muito amado".

Mas, quando do alto de seus oitenta anos aquele homem desfechou sobre mim aquela frase, me senti não apenas como o filho que quer ser engenheiro como o pai. Senti-me um garoto de quatro anos, de calças curtas, dizendo: quando eu crescer quero ser um homem de oitenta anos que diga: "Amei muito, na verdade, fui muito amado". Se não pensasse isto, não seria digno daquela frase que acabava de me ser ofertada. E eu não poderia desperdiçar uma sabedoria que levou oitenta anos para se formar. É como se eu não visse o instante em que a lagarta se transformaria em libélula.

Ouvindo-o, por um instante suspeitei que a psicanálise havia fracassado; que tudo aquilo que Freud sempre disse, de que o desejo nunca é preenchido, que se o é, o é por frações de segundos, e que a vida é insatisfação e procura, tudo isto, era coisa passada. Sim, porque sobre o amor há muitas frases inquietantes por aí. Bilac nos dizia salomônico: "Eu tenho amado tanto e não conheço o amor". O Arnaldo Jabor disse outro dia a frase mais retumbante desde "independência ou morte" ao afirmar:

"O amor deixa muito a desejar". Ataulfo Alves dizia: "Eu era feliz e não sabia".

Frase que se pode atualizar: eu era amado e não sabia. Porque nem todos sabem reconhecer quando são amados. Flores despencam em arco-íris sobre sua cama, um banquete real está sendo servido, e sonolento, olha noutra direção.

Sei que vocês vão me repreender dizendo: deveria ter-nos apresentado o personagem, também queríamos conhecê-lo, repartir tal acontecimento. E é justa a reprimenda. Porque quando alguém está amando, já nos contamina de jasmins. Temos vontade de dizer, vendo-o passar: ame por mim, já que não pode se deter para amar a mim. Exatamente como se diz a alguém que está indo à Europa: por favor, na Itália, coma e beba por mim.

Ver uma pessoa amando é como ler um romance de amor. É como ver um filme de amor. Também se ama por contaminação na tela do instante. A estória é do outro, mas passa das páginas e telas para a gente.

Todo jardineiro é jardineiro porque não pode ser flor.

Reconhece-se a cinquenta metros um desamado, o carente. Mas reconhece-se a cem metros o bem-amado. Lá vem ele: sua luz chega antes de suas roupas e pele. Sinos batem nas dobras de seu ser. Pássaros pousam em seus ombros e frases. Flores estão colorindo o chão em que pisou.

O que ama é um disseminador.

Tocar nele é colher virtudes.

O bem-amado dá a impressão de ser inesgotável. E é o contrário de Átila: por onde passa, renascem cidades.

O bem-amado é uma usina de luz. Tão necessário à comunidade, que deveria ser declarado um bem de utilidade pública.

Amor, o interminável aprendizado

Criança, ele pensava: amor, coisa que os adultos sabem. Via-os aos pares namorando nos portões enluarados se entrebuscando numa aflição feliz de mãos na folhagem das anáguas. Via-os noivos se comprometendo à luz da sala ante a família, ante as mobílias; via-os casados, um ancorado no corpo do outro, e pensava: amor, coisa-para--depois, um depois-adulto-aprendizado.

Se enganava.

Se enganava porque o aprendizado do amor não tem começo nem é privilégio aos adultos reservado. Sim, o amor é um interminável aprendizado.

Por isto se enganava enquanto olhava com os colegas, de dentro dos arbustos do jardim, os casais que nos portões se amavam. Sim, se pesquisavam numa prospecção de veios e grutas, num desdobramento de noturnos mapas seguindo o astrolábio dos luares, mas nem por isto se encontravam. E quando algum amante desaparecia ou se afastava, não era porque estava saciado. Isto aprenderia depois. É que fora buscar outro amor, a busca recomeçara, pois a fome de amor não sacia nunca, como ali já não se saciara.

De fato, reparando nos vizinhos, podia observar. Mesmo os casados, atrás da aparente tranquilidade, continuavam inquietos. Alguns eram mais indiscretos. A vizinha casada deu para namorar. Aquele que era um crente fiel sempre na igreja, um dia jogou tudo para cima e amigou-se com uma jovem. E a mulher que morava em frente da farmácia, tão doméstica e feliz, de repente fugiu com um boêmio, largando marido e filhos.

Então, constatou, de novo se enganara. Os adultos, mesmo os casados, embora pareçam um porto onde as naus já atracaram, os adultos, mesmo os casados, que parecem arbustos cujas raízes já se entrançaram, eles também não sabem, estão no meio da viagem e só eles sabem quantas tempestades enfrentaram e quantas vezes naufragaram.

Depois de folhear um, dez, centenas de corpos avulsos tentando o amor verbalizar, entrou numa biblioteca.

Ali estavam as grandes paixões. Os poetas e novelistas deveriam saber das coisas. Julietas se debruçavam apunhaladas sobre o corpo morto dos Romeus, Tristãos e Isoldas tomavam o filtro do amor e ficavam condenados à traição daqueles que mais amavam e sem poderem realizar o amor.

O amor se procurava. E se encontrando, desesperava, se afastava, desencontrava.

Então, pensou: há o amor, há o desejo e há a paixão.

O desejo é assim: quer imediata e pronta realização. É indistinto. Por alguém que, de repente, se ilumina nas taças de uma festa, por alguém que de repente dobra a perna de uma maneira irresistivelmente feminina.

Já a paixão é outra coisa. O desejo não é nada pessoal. A paixão é um vendaval. Funde um no outro, é egoísta e, em muitos casos, fatal.

O amor soma desejo e paixão, é a arte das artes, é arte final.

Mas reparou: amor às vezes coincide com a paixão, às vezes, não.

Amor às vezes coincide com o desejo, às vezes, não.

Amor às vezes coincide com o casamento, às vezes, não.

E mais complicado ainda: amor às vezes coincide com o amor, às vezes, não.

Absurdo.

Como pode o amor não coincidir consigo mesmo?

Adolescente amava de um jeito. Adulto amava melhormente de outro. Quando viesse a velhice, como amaria finalmente? Há um amor dos vinte, um amor dos cinquenta e outro dos oitenta? Coisa de demente.

Não era só a estória e as estórias do seu amor. Na história universal do amor, amou-se sempre diferentemente, embora parecesse ser sempre o mesmo amor de antigamente.

Estava sempre perplexo. Olhava para os outros, olhava para si mesmo ensimesmado.

Não havia jeito. O amor era o mesmo e sempre diferenciado.

O amor se aprendia sempre, mas do amor não terminava nunca o aprendizado.

Optou por aceitar a sua ignorância.

Em matéria de amor, escolar, era um repetente conformado.

E na escola do amor declarou-se eternamente matriculado.

Que presente te dar

Que presente te darei, eu que tanto quero e pouco dou, porque mesquinho, egoísta, distraído não te cumulo daquilo que deveria cumular?

Deveria desatar inúmeros presentes ao pé da árvore, entreabrindo joias, tecidos, requintados e pessoais objetos, ou deveria dar-te não o que posso buscar lá fora, mas o que, em mim, está fechado e mal sei desembrulhar?

Gostaria de dar-te coisas naturais, feitas com a mão como fazem os camponeses, os artesãos, como faz a mulher que ama e prepara o Natal com seus dedos e receitas, adornos e atenções.

Te dar, talvez, um pedaço de praia primitiva, como aquelas do Nordeste, ou de antigamente — Búzios e Cabo Frio; um pedaço de mar das ilhas do Caribe, onde a água e o mar são transparentes e onde a areia é fina e brilhante e, sozinhos, habitam a eternidade, os amantes.

Te dar aquele verso de canção um dia ouvida não sei mais onde, se numa tarde de chuva, se entre os lençóis cansados; um verso, uma canção ou talvez o puro som de um saxofone ao fim do dia, som que tem qualquer coisa de promessa e melancolia.

Fugir uma tarde contigo para os motéis, quando todos os homens se perdem nos papéis e escritórios, números e tensões; fugir contigo para uma tarde assim, um espaço de amor entreaberto, um entreato na peça que nos pega a burocracia dos gestos.

Gravar numa fita as canções que me fazem lembrar de ti e ouvi-las, ou tocar de algum modo em algum cassete as frases que disseste, que em mim gravaste, frases líricas, precisas, que quando estou cinza, relembro e me iluminam.

Te enviar todos os cartões que colecionas, de todos os lugares que conheço ou que tu nem imaginas; ir a essas paisagens e ilhas e habitá-las com palavras de intermitente paixão.

Dar-te aquela casa de campo entre as montanhas, aquele amor entre a neblina, aquele espaço fora do mundo, fora dos outros espaços, sem telefone, sem estranhas ligações, para ali nos ligarmos um no outro em una e dupla solidão.

Se queres joias, te darei. Aqueles corais que vendem na Ponte Vecchio em Florença; o âmbar ou as pérolas que expõem nas lojas do Havaí; aquelas pedras de vidro para iridescentes colares, que vendem em Atenas, ao pé da Plaka, ao pé da Acrópole, que amorosa nos contempla.

Te dar numa viagem os castelos do Loire, e sair comendo e rindo juntos no roteiro gastronômico franco-italiano, ali comendo e aqueles vinhos bebendo, de tudo nos esquecendo, sobretudo dos remorsos tropicais de quem tem sempre ao lado um faminto desamparado, de culpa nos ferindo.

Te darei flores. Sempre planejei fazer isto. Tão simples: de manhã acordar displicente e começar a colher flores sob a cama. Ir tirando buquês de rosas, margaridas, vasos de íris, orquídeas que estão desabrochando e, uma a uma, de flores ir te cumulando. E amanhecendo dirás: o amado hoje está mel puro, seu amor aflorou e está me perfumando.

Escrever bilhetes pela casa inteira, metê-los entre roupas, armários, prateleiras, para que na minha ausência comeces a descobrir recados daquele que nunca se ausentou, embora esse ar de quem vive partindo, mas se alguma vez partiu, partido foi para reunido regressar.

Te dar um gesto simples. Passar a mão de repente sobre tua mão, como se apalpa a vida ou fruto, que pede para ser colhido.

Te dar um olhar, não aquele olhar distraído, alienado de quem está nas coisas prosaicas perdido, mas um olhar de quem chegou inteiro e que se entrega enternecido e desamparado dizendo: olha, sou teu, agora veja lá o que vai fazer comigo.

Mistérios gozosos

Uma coisa especial ocorre com a mulher depois que ama. Reparem, estou dizendo, depois que ama. Não estou me referindo a ela enquanto está no ato do amor. Disto se pode falar também, e a literatura a partir do Romantismo e depois o cinema, modernamente, já tentaram de várias formas simular na relação amorosa como a mulher suspira, se contorce, desliza as mãos e entreabre a boca do corpo e da alma.

Mas, quando digo "depois que ama", refiro-me ao estado de graça que a envolve após o gozo ou gozos, e que perdura horas e horas e às vezes dias. Fica macia que nem gata aos pés do dono. Mais que gata, uma pantera doce e íntima. Sua alma fica lisinha, sem qualquer ruga. A vida não transcorre mais a contrapelo. Desliza. Ela tem vontade de conversar com as flores, com os pássaros, com o vento. Sobretudo, descobre outro ritmo em sua carne. É tempo do adágio, de calma e fruição. Nesse período, aliás, o tempo para. Em estado de graça, ela se desinteressa do calendário. O cotidiano já não a oprime. As tarefas da casa, pesadas em outras ocasiões, tornam-se leves, os compromissos mais enjoados podem ser acertados, as tragédias dos jornais já não lhe dizem tanto respeito. O trabalho no escritório torna-se leve, pode ser feito quase cantando.

Algumas desenvolvem uma súbita necessidade de tecer, outras, de aninhar. Querem bordar, costurar, arrumar coisas na casa, entram em clima de nidificação. É a hora de uma ociosidade amorosa. Outras querem presentear o amado e o mundo com pratos sutilíssimos e saborosos. O fato é que a mulher nessa atmosfera sai do trivial, se angeliza e, glorificada, pervaga pela casa.

O homem, animal desatento, às vezes não se dá conta. Em geral, nunca se dá conta. Ou dá-se conta nos primeiros minutos após o ato de amor, e depois se deixa levar pela trivialidade, deixando-a solitária em sua felicidade clandestina.

Na verdade, ela sobrepaira ao tempo, está adejando em torno do amado, que deveria suspender tudo para sentir desenhar-se em torno de si esse balé de ternuras. Deveria o homem avisar ao escritório: hoje não posso ir, estou assistindo à reverberação do amor naquela que amo. E como isto se assemelha à floração rara de certas plantas, os amados deveriam interromper tudo: seus negócios e almoços e ficar ali, prostrados, diante da que celebra nela o que ele ajudou a deslanchar.

Já vi algumas mulheres assim. Era capaz de pressentir a 115 metros que elas estavam levitando de tanto amor que seus amados nelas desataram. Há uma coisa grave na mulher que foi ao clímax de si mesma. Que não esteja distraído o parceiro ou parceira. Ela tem mesmo um perfume diverso das demais. É um cio diferente. É quando a mulher descerra em si o que tem de visceralmente fêmea, fêmea tranquila que, mais que possuída, possui algo que atingiu raramente. As outras mulheres percebem isto e a invejam. Os machos farejam e se perturbam. É como se estivessem num patamar seguro a se contemplar. É quase parecido a quando a mulher vive a maternidade. Mas aqui é ainda diferente, porque na maternidade existe algo concreto se movimentando dentro dela. Contudo, nessa atmosfera que se segue a uma epifânica sessão de amor, é diverso, porque ela está acariciando uma imponderável felicidade.

Estou falando de uma coisa que os homens não experimentam assim. O gozo masculino é mais pontual e parece se exaurir pouco depois do próprio ato. Só os escolhidos, os de alma feminina, vez por outra, o sentem prolongar-se dentro de si. Mas, em geral, é diferente. Terminado o ato, uns até rolam para o lado e dormem como se tivessem tirado um fardo do ombro, outros acendem o cigarro, vestem suas ansiedades e voltam ao trabalho.

É constatável, no entanto, que o homem apaixonado também transmite força, alegria, energia. Ele oscila entre Alexandre, o Grande, e o artista que chegou ao sucesso. Também brilha. Mas é diferente. E não é disto que estou falando, senão do gozo feminino que não se esgota no gozo e se derrama em gestos e atenções por horas e dias a fio.

Freud andou várias vezes errando sobre as mulheres e, por exemplo, colocou equivocadamente aquela questão de que a mulher teria inveja do homem por ser este um animal fálico etc.

Convenhamos: inveja têm (e deveriam ter) os homens quando prestam atenção no fenômeno que ocorre com as mulheres, que ao serem amadas atingem o luminoso êxtase de si mesmas, como se tivessem rompido uma escala de medição trivial para lá da barreira dos gemidos e amorosos alaridos.

É isto: quando a mulher foi amada e bem-amada, ela ingressa nessa atmosfera sagrada, cuja descrição se aproxima daquilo que as santas extáticas descreveram. Uma aura de mistério as envolve. E isto, por não ser muito trivial, por não ser nada profano, talvez se assemelhe aos mistérios gozosos de que muitos místicos falaram.

Delicadas, as amizades

— Pode-se dizer tudo o que se pensa a um amigo?

— Quanto de verdade suporta um amigo?

— Aliás, o que é a verdade? — Já indagava Pilatos antes de crucificar o outro.

— Como combinar, articular, fazer coabitar a verdade nossa com a verdade do amigo?

São muito delicados os amigos. Ou, se quiserem, as amizades. São delicadíssimas. E é por isso que convém aceitar que cada amizade tem suas fragilidades.

Bom, se o anel que tu me deste era vidro e se quebrou, então, melhor seria que de diamante fosse. Este, inquebrantável. Mas amizade, convenhamos, é coisa humanamente frágil. E a gente pensa que ela está aí para sempre. Mas não tem a durabilidade centenária das sequoias, que ficam se alongando e nos ofertando sombra acima de tudo. Às vezes, as amizades são essas orquídeas, carentes de um tronco alheio onde se alimentar e florescer.

A gente pensa que amizade é coisa só de gente humana. Não é. Os animais curtem amizades; alguns, o amor, e outros chegam à paixão extrema por seus donos. E, no entanto, amigos, cães se mordem, quase se arrancam as orelhas num ou noutro embate, às vezes por uma cadela no cio, às vezes por nada.

Pode-se perder uma amizade por excesso de zelo, como se ao esfregar demais o tecido o rompêssemos. Cuidado, portanto, com o excesso, às vezes excessivo. Claro, também se perde amigo pela escassez de socorro ou de sinalizações afetivas. Também pela fala mal desferida. Ou mal ouvida. A gente fala ou escreve uma coisa, o outro outra coisa ouve. Se não der para desentortar a frase ou o ouvido alheio, a amizade fica torta.

Diz o apóstolo Paulo que o amor tudo suporta, tudo espera, tudo perdoa.

— É assim a amizade?

Até hoje não ficou muito clara a diferença entre amor & amizade. Mesmo porque muito amor termina se metamorfoseando em amizade; uma amizade pode virar amor, e podemos inimizar a quem amamos e nos esforçamos por ser amigo de quem nos despreza. De resto, para matizar ainda mais as coisas, os franceses costumam falar de "amizade amorosa", algo parecido com o que aqui há tempo se chamou de "amizade colorida".

— Mas o que fazer quando algo nos incomoda no outro e a gente sente que se não falar a amizade vai começar a ratear?

Não há amizade assim solta no ar. Cada amizade tem sua usança e sua pertinência.

— Deveríamos então criar um manual, algo assim como "Amizade, modo de usar"? Ah, sim! Mas isso já existe, está lá naquele best-seller "Como fazer amigos e influenciar pessoas".

— Está?

Drummond tinha razão, uma triste razão, é verdade, ao dizer que as pessoas deveriam manter entre si a mesma relação que entre si mantêm a ilha e o continente, um certo distanciamento e uma não muito estouvada confraternização.

— Mas aí a amizade vira algo pouco tropical, e como Thomas Merton dizia que nenhum homem é uma ilha, o que fazer com os que não têm a fleugma mineiro-britânica e não suportam viver num frio ou morno relacionamento?

Há pilotos que pousam pesados jumbos em pistas com uma suavidade angelical, e por isso merecem aplausos.

Há médicos que fazem incisões profundas para manter o outro vivo.

— Como dizer o que se deve dizer sem sangue ou náusea?

Um dia um ex-amigo me disse: — No princípio tentei te imitar, depois resolvi te destruir.

Tive que me proteger.

— Quem, como José Martí, dirá "cultivo a rosa branca em junho e em janeiro para o amigo sincero que me dá sua mão franca, e para o cruel que me arranca o coração com que vivo, nem cardo ou urtiga cultivo, cultivo a rosa branca"?

Delicadas, as amizades. Uns porque se aproximando do poder esquecem os que no poder não estão. Nesse caso não se pode nada. Outros porque viajam de formas várias e absolutamente impenetráveis ao redor do próprio umbigo.

— Retornarão algum dia?

Nesse caso, como dizia Neruda, nós, os de então, já não seremos os mesmos.

Há vocacionados para amizade. Têm um dom natural. Árvores copadas onde se reúne o rebanho. Quando você vê, está todo mundo ali ouvindo, curtindo ou simplesmente estando.

— Qual o grau de resistência de uma amizade?

De um metal podemos dizer: derrete-se a tal ou qual temperatura.

São delicadas as amizades. E mesmo as mais sólidas às vezes desmancham-se no ar.

Vontade de ter netos

No avião, meu amigo falou:

— Sabe que estou sentindo uma necessidade danada de ter netos?

Olhei para ele com um supremo ar de compreensão.

Ele continuou:

— Quando vou ao shopping com minha mulher, é um escândalo. Aquelas criancinhas passando no colo dos pais e mães me deixam fissurado. Acabo brincando e pegando em uma ou outra. Minha mulher se preocupa. Podem achar que sou um tarado. E o diabo — enfatizou desolado — é que minha filha ainda é adolescente e vou ter que continuar esperando.

Ele falou isto e a conversa tomou outros rumos. A aeromoça começou a servir os drinques e aquela comida, que a gente só acha interessante se viaja raramente de avião.

De repente, do banco da frente, por sobre os ombros da mãe, vejo elevar-se um rostinho lindo de menina loira, olhos claros. Ela nos olha com aquela vontade de olhar e compreender o mundo que só têm os muito puros. Sorri, e ergue o bracinho em minha direção. Estendo-lhe o dedo, começo a fazer aquelas macaquices que adulto faz irremissivelmente quando diante da cândida entrega de uma criança.

Ela me olha aprendendo logo as regras do jogo. Pega no meu dedo, depois esconde a cabecinha fingindo-se encabulada, num esconde-esconde risonho.

O amigo ao lado, preparadíssimo para ser avô, morre de ciúmes. Está um pouco longe e não dá para brincar com a menininha. E ela se diverte. Descobre, do outro lado, uma passageira que começa a disputar comigo o namoro com a criança. Por alguns instantes ela me é infiel, com meu consentimento.

E o avião prossegue por nuvens que não vemos, sobre paisagens que não conferimos, sobre paixões e desesperos que se abrigam nas casas lá embaixo, até que estamos pousando no aeroporto.

Estamos todos de pé, afoitamente esperando ordens de desembarcar. E aí começa o segundo capítulo dessa estória de seduções entre respeitáveis senhores e a bebê de colo.

De repente, todos nos damos conta desta cena: na ala esquerda, no colo da mãe, a irresistível infante, na ala direita em pé, entre outros passageiros, um senhor de cabelos brancos a falar com a menininha do lado de lá.

E falava com intimidade total, como se a conhecesse desde sempre. E se chamava de vovô para que ela aportasse nele o seu afeto com segurança. Parecia prometer presentes ou continuar histórias iniciadas em outras viagens.

Os passageiros todos assistiam à cena de namoro explícito.

Meu amigo, novamente enciumadíssimo, ele tão preparado para ser avô e aquele bebê traindo-o com outro avô na sua cara.

Fomos saindo e tivemos que passar por aquela coisa sempre incômoda que é descer escadas de avião e entrar no ônibus que nos leva às malas. Mas se tivessem acoplado aquele tubo para passageiros, como nos aeroportos já prontos, teríamos no entanto perdido a continuação da cena de namoro que progredia velozmente entre o avô desconhecido e a menininha irresistível.

Agora a menina está no colo da mãe sentada no banco que está frente a frente com o banco onde está o avô postiço. Entre eles há pessoas em pé com mochila nos ombros, pasta na mão, todos com ar seriíssimo, de quem quer logo chegar em casa.

Mas o senhor e a menina se acharam na multidão, de novo. Então, os corpos que se interpunham, generosamente se afastaram para abrir espaço para o prosseguimento do namoro. E assim como no avião, no ônibus todos começaram a prestar atenção na cena, invejosos e fascinados.

De repente, como nos namoros autênticos, houve um avanço repentino e a menina, pronto, já estava no colo do homem. A mãe a havia estendido em seus braços e ela viera rindo ao colo do conhecido desconhecido. E chegando aos braços dele fez sinal que queria voltar para a mãe. O homem ergueu o braço, o ônibus andando, e passou-a à mãe.

Contudo, a criança descobriu logo a brincadeira e começou a comandar o jogo, assinalando quando queria voltar aos braços de um e outro. Em breve a graça era essa, não estar nem com um nem com o outro, mas entre um e outro, sorrindo entre os sorrisos dos dois e o encantamento de todos os ex-sisudos passageiros que se deliciavam com a cena.

O senhor de cabelos brancos já não tinha qualquer constrangimento. Começou a se esconder e a mostrar o rosto por detrás de um paletó no cabide dependurado no corrimão. E a criança sorria. Estávamos eu e o meu amigo candidato a avô, vendo o momento em que o avô em exercício, ali no ônibus, ia se botar de quatro, pedir à menina para montar nele, brincar de cavalinho ou começar a cantar canções de ninar ou contar histórias da Chapeuzinho Vermelho. E isto com a permissão de todos os presentes.

— Adoro crianças — me disse ele ao descer do ônibus.

Existiria mesmo o relógio biológico?

No avião vinha dizendo ao amigo:

— Acho que deveria existir butiques de netos. A gente estando carente, ia lá e alugava um para um dia, um fim de semana ou viagem, era um duplo serviço à sociedade.

Conheço pessoas que eram indiferentes a crianças e, de repente, começaram a se derreter diante de qualquer uma, mesmo diante das feinhas. Homens, e não somente as mulheres, vão chegando a certa idade e começam a ter uma fúria uterina de ter filhos. E isto se repete depois com essa vontade carinhosa de ter netos.

A gente pensa que pensa o corpo, e o corpo é que nos pensa. Sabemos pouco. Somos instrumentos da natureza. O que nos compete, talvez, diante disto, é anotar o que o corpo nos sugere.

Se possível, com alguma sabedoria.

O que se perde com o tempo

Leio que aos 25 anos a pele começa a perder água. Aos 35 tem menos elasticidade e aos cinquenta está frouxa.

Leio e fico assustado.

Mas leio também que a partir dos trinta perdemos 50 mil células cerebrais por dia.

Fico assustadíssimo.

Não estou em condições de perder mais nada. Já perdi o bonde e a esperança de ter um país pronto onde viver. Querem agora levar minhas células cerebrais?

A tortura continua.

Leio que aos cinquenta o paladar já está meio degradado. Os receptores da língua já estão enfastiados e desperdiçam os sabores.

Mal me refaço dessa informação, vem outra: aos 45 o revestimento do estômago e intestino vai ressecando e a digestão se torna mais difícil.

Começo a fazer umas contas. Se perco, por exemplo, 50 mil células cerebrais por dia, em um mês seriam 1,5 milhão e em um ano, imaginem!

Constato que meu cérebro há muito se foi. Vivo apenas de lembranças. É claro que, depois de certa idade, a gente começa a esquecer nomes, sobrenomes, títulos de livros e filmes, e um amigo outro dia voltou para a casa de onde havia mudado há um ano, meteu a chave na porta naturalmente e foi entrando como se ainda morasse ali. Mas para essas coisas a gente arruma desculpa. O difícil é lidar com esses números que a ciência esfrega na nossa cara.

Outro dia, num almoço, uma amiga disse: "O pior são os braços. Os braços não mentem jamais. Por isso", disse ela, "agora só dou adeusinho com os dedos, o antebraço colado no corpo, senão o outro percebe logo a pelanca dependurada".

O pior de você continuar a ler que aos trinta as válvulas cardíacas tendem a enrijecer e os rins começam a entrar em pane é que jamais vai poder dizer que a vida começa aos quarenta. Na verdade, vai sair à procura de uma gerontóloga romena, que só ela pode nos salvar de nos desmancharmos em plena rua ou no meio de uma festa.

O pior desses dados é você ficar neurótico. Em meio a um coquetel, enquanto sustenta uma conversa desinteressada, você pensa: "Ai, meu Deus! Eu aqui perdendo minhas células e ainda tenho de perder tempo neste blablablá".

A sensação diante desses números é a mesma que temos no dia a dia da inflação: jamais nosso salário ganhará a batalha contra ela. A corrosão diária é evidente.

Na verdade, a sensação é a daquela cena de filme em que alguém começa a afundar em areia movediça. Horrível sensação. Parece também a situação de ser brasileiro, há dez anos afundando na recessão.

Será que tinham de informar isso à gente? Não bastam o espelho e os cabelos na pia?

Saber disso, no entanto, pode ter um sabor de vingança em relação aos inimigos. Aí você pode de repente dizer cientificamente na cara do outro: "Sabe que, enquanto estava tentando me sacanear ontem, você perdeu 50 mil células cerebrais e seu coração ficou mais rígido?"

Não nos haviam prometido na escola que na natureza nada se cria, nada se perde e que tudo se transforma? Em que se transformaram as células perdidas?

O pior desses dados é a sensação de que você está perdendo parte do espetáculo. Já nem falo de você enxergar mal uma ópera ou um filme, pois para isso existem óculos. Falo de outra coisa. Por exemplo, você está num restaurante caríssimo. Já pediu de entrada um *blinis de caviar* e, como prato principal, um *papillote de saumon frais aux morilles.* Se você tem mais de cinquenta anos deve pedir um desconto ao *maitre*, porque os receptores de sua língua não vão poder haurir todo o preço que está pagando. Tem de ser igual filme para estudante, pagar só meia-entrada.

Nas lojas de disco também há que pedir desconto, porque enquanto um jovem ouvirá naturalmente a música numa sonoridade de FM, você, com a estática e os ruídos da idade, vai ouvir em AM.

Há quem veja nessa atitude da natureza diminuindo audição, visão, tato, paladar etc. uma resposta muito sábia. Assim, os mais velhos se poupam da poluição sonora, visual e até dos maus cheiros da vida.

No entanto, o fato é que ninguém gosta de constatar que aos 65 anos, mesmo já tendo vivido uma longa vida de experiência, a força muscular perdeu 25% de sua potência, porque as fibras vão morrendo diária e inexoravelmente.

Ha soluções para retardar essas perdas todas. Doses regulares de vitamina C, o ácido ascórbico e ingestão de água. Isso além da ginástica e, é claro, da cirurgia plástica, que apenas retarda o estopim.

É duro. Mas a gente tem de se acostumar.

Eu, por exemplo, não queria dizer, mas desde que você começou a leitura dessa crônica já perdeu quase mil células. E nem se deu conta.

Continue distraído. É melhor.

De que ri a Mona Lisa?

Estou na Sala da Vinci, no Louvre. Aqui penetrei encaminhado por uma seta que dizia "Sala da Vinci". É como se fosse uma indicação para uma grande avenida no trânsito de uma cidade. Não que a seta seja apelativa ou extraordinária. Mas reconheço que nela está escrito implicitamente algo mais. É como se sob aquelas letras estivesse escrito: "Preparem o seu coração para um encontro histórico com a Gioconda e seu indecifrável sorriso." E tanto é assim que as pessoas desembocam nesta sala e estacionam diante de um único quadro — o da Mona Lisa.

Do lado esquerdo da *Gioconda*, dezesseis quadros de renascentistas de primeiro time. Do lado direito, dez quadros de Rafael, Andréa del Sarto e outros. E na frente, mais dez Ticianos, além de Veroneses, Tintorettos e vários outros quadros do próprio da Vinci.

Mas não adianta, ninguém os olha.

Estou fascinado com este ritual. E escandalizado com o que a informação dirigida faz com a gente. Agora, por exemplo, acabou de acorrer aos pés da Mona Lisa um grupo de japoneses: caladinhos, comportadinhos, agrupadinhos diante do quadro. A guia fala-fala-fala e eles tiram-tiram-tiram fotos num plic-plic-plic de câmeras sem flash. Sim, que é proibido foto com flash, conforme está desenhado num cartaz para qualquer um entender.

E lá se foram os japoneses. A guia os arrastou para fora da sala e não os deixou ver nenhum outro quadro. E, assim, pessoas vão chegando sem se dar conta de que sobre a porta de entrada há um gigantesco Veronese *Bodas de Canaã*. É singularíssimo, porque o veneziano misturou a festa de Canaã com a "última ceia". Cristo está lá no meio da mesa, num cenário greco-romano. O pintor colocou a escravaria no plano superior da tela e ali há uma festança com a presença até de animais.

Entrou agora na sala outro grupo. São espanhóis e italianos. "Veja só os olhos dela", diz um à sua esposa, exibindo o original senso crítico. "De qualquer lado que se olha, ela nos olha", diz outro parecendo ainda mais esperto. "Mas que sorriso", acrescenta outro ainda. E se vão.

Ao lado esquerdo de Mona Lisa reencontro-me com dois quadros de da Vinci. Mas como as pessoas não foram treinadas para se extasiarem diante deles, são deixados inteiramente para mim. São *A Virgem dos Rochedos e São João Batista*. Este último me intriga particularmente. É que este São João assim andrógino tem uma graça especial, e mais: tem o rosto muito semelhante ao de Santa Ana, do quadro *Santa Ana, a Virgem e o Menino*, no qual Freud andou vendo coisas tão fantásticas, que se não explicam o quadro pelo menos mostram como o psicanalista era imaginoso.

Chegou um bando de garotos ingleses-escoceses-irlandeses, vermelhinhos, agitadinhos, de uniforme. Também foram postos diante da Mona Lisa como diante do retrato de um ancestral importante. Só diante dela. O guia falava entusiasmado como se estivesse ante o quadro de uma batalha. E ele ali, talvez achando graça da situação.

Enquanto isto ocorre, estou enamorado da *Belle Ferronière* do próprio da Vinci, que embora possa ser a própria Mona Lisa de perfil, ninguém olha.

Chegou agora um grupo de jovens surdos-mudos holandeses. Postaram-se ali perplexos, o guia falou com as mãos e foram-se. Chegou um grupo de africanos. E repete-se o ritual. E ali na parede os vários Rafaéis, outros da Vincis, do lado esquerdo os dezesseis renascentistas de primeira linha, do lado direito os dez quadros de Rafael, Andréa del Sarto e outros, e na frente mais dez Ticianos, além dos Veroneses, Tintorettos etc., que ninguém vê.

O ser humano é fascinante. E banal. Vêm para ver. Não veem nem o que veem, nem o que deviam ver. Entende-se. Aquele cordão de isolamento em torno de Mona Lisa aumenta a sua sacralidade. E tem um vigia especial. E um alarme especial contra roubo. Quem por ali passou defronte dela acionando a câmera, pode voltar para a Oceania, Osaca e Alasca com a noção de dever cumprido. Quando disserem que viram a Mona Lisa, serão mais respeitados pelos vizinhos.

Mal entra outro grupo de turistas para repetir o ritual, percebo que a Mona Lisa me olha por sobre o ombro de um deles e sorri realmente.

Agora sei de que ri Mona Lisa.

O jogador e sua bola

A bola não é um mero artefato de couro. É um ser alado, de ouro, ave sagrada, que rompe as traves da gaiola, isto quando não é uma flor que ao abrir-se em gols nos mostra a luz de sua corola.

A bola difere do diamante. Não tem arestas. E, no entanto, arisca, risca a pele em ritmo de festa. Não tem arestas porque é polida, não pela mão, mas pelo pé do ourives, caso se chame Zico ou Pelé.

Se na Espanha a bola fosse um touro, no gol, um toureiro faria da rede a capa ou estola. Mas, sendo no Brasil, ela é samba que o sambista cantarola, é toque na cuíca e caçarola e a bandeira que o passista na avenida desenrola.

O jogador não é só mestre. É um aluno, que carrega consigo a escola. E para ele, o mundo é a bola. E sendo a bola seu coração, ele sabe a lição de cor, não cola.

O jogador é um ator. Ele joga, encena a paixão no estádio, tornando público o seu caso de amor com a bola. Mas pode ser dramático ou histrião. Neste caso, o "ser ou não ser" é um chavão.

A bola é um raio que, quando cai no gol, vira trovão de bombas, gritos e alaridos da multidão.

A bola também tem sua contradição: pede que a persigam e ri da perseguição.

O bom jogador é como o cantor: não sabe mais o limite entre sua voz e a canção.

Ao mau jogador, a bola parece um cacto roliço, um porco-espinho que a canela ou a alma esfola. Ataca como um pivete que quando passa não se consegue pegar pelo pescoço ou gola.

A bola é como o tigre no zoológico da grama. E o jogador é o domador do fero instante sem usar chicote ou chama.

Mais que amante que no campo da cama nos traz o corpo sempre inaugural, o jogador é a cartomante e sua bola de cristal, jogando com o nosso ser, a nos trazer o bem e o mal.

Se a bola é bala, o corpo do jogador é a pistola, e, quando atira furioso, o adversário cai e sai de padiola.

A bola é bela? A bola é a fera que nos abala e desespera? Ou a bola é como a bula, ambígua, veneno e remédio, que nos mata e consola, mulher fatal que nos ama e desola?

Não, a bola não é a Lua, pálida quimera. Mais que a solitária esfera, a bola é um cometa, que de quatro em quatro anos nos assola.

Pensamos olhar a bola, mas a bola com seu olho é que nos olha.

A bola e como a Terra: redonda e humana. É como o homem: cheia de ar, pura arrogância. A bola é nossa errância.

A bola não é coisa de adulto. É o que sobrou da infância.

Se o campo é um labirinto de pernas, a bola é um fio de novelo que desenrola. Nos foi dado por Ariadne, contra o Minotauro e a degola.

O jogador é um prestidigitador, que na última hora ante a torcida aflita tira um gol de sua cartola.

Também é um ilusionista, coisa de artista de circo, que faz da bola argola, causando no estádio espanto, e sobre a cabeça do atleta a bola se faz auréola fazendo do homem um santo.

O jogador, enfim, é um escritor. Ele joga com o instante e a glória. Tem os pés no chão e a cabeça nas nuvens, para cabecear a história.

O jogador é um poeta. E como o poeta, um fingidor. E joga tão perfeitamente que nos faz pensar que é poesia o que é jogo simplesmente.

A carne viva

> Hypocrite lecteur,
> mon semblabe, mon frère
> *Baudelaire*

Hipocritamente durmo na madrugada enquanto bois são abatidos nos frigoríficos da manhã.

Durmo hipocritamente sem ver o sangue que escorre pelas calhas da noite e começa a subir, ondeando, pelos pés de minha cama. Durmo sem ver o olhar do boi no matadouro. O olhar. O berro. A morte.

Tapo os ouvidos, mas os grunhidos dos porcos rasgam o pelo da noite. O sangue espirra do curral da madrugada e homens ávidos vão desenrolando as tripas da fera, que estrebucha, para convertê-las em linguiças que hipócrita e porcamente me serão servidas.

Uma vez contaram-me como se matam gansos na França. Os bois, a gente pode pensar, levam aquela pancada súbita na cabeça e desmontam sua carcaça no ladrilho. Mas os gansos são cevados, como não se cevam os frangos. Os frangos sabem que vão morrer nos campos de concentração vigiados pela SS dos frigoríficos. Mas os gansos conhecem o martirológio dos santos e penitentes.

Começam a engordá-los. Ou, pior: cevá-los forçadamente. Os frangos, sabemos, são alimentados também artificiosamente; deixam aquelas luzes acesas noite e dia, e eles comendo, bicando, comendo, bicando os segundos, bicando os minutos numa engorda rápida e lucrosa.

Mas os gansos são agarrados à força. E então começa-se, por um funil, a socar para dentro deles a ração. Um funil ou moedor para que a comida já vá direta para dentro, chegue mais rapidamente ao fígado, que em forma de patê colocarei em minha mesa no fim de semana na casa de campo. Mas não é sobre gansos que estou escrevendo especificamente, e sim, sobre a carne que para mim se prepara na escuridão hipócrita de minha fome.

Na infância de todo mundo (pelo menos no interior e antigamente) havia sempre uma galinha que alguém começou a matar na cozinha. E foi-se cortar o pescoço dela, tendo as asas presas sob os pés contra o ladrilho, e, de repente, ela se soltou. Se soltou e saiu com o pescoço pendurado jogando sangue pelas paredes até fanar-se no degrau para o quintal.

Há quem vá aos restaurantes especializados em peixes, porque quer ver o peixe vivo, o peixe que vai escolher no aquário. E aponta-se com o dedo, "quero aquele ali", e se senta à mesa, enquanto na cozinha jogam lagostas vivas na água fervente e champanha espuma sua indiferença na taça dos reis.

Carne deveria dar em árvore.

Mas um dia me mostraram uma árvore que sangra. Meu caseiro espetava-lhe um prego, arame ou qualquer instrumento torturante, e lá vinha aquela gota vermelha.

Um dia passei sob ela. Suas folhas choravam vermelho sobre mim. Não era chuva radioativa, eram lágrimas de uma árvore em carne viva.

E não faz muito descobriram que os vegetais também são seres humanos. Já ouviram tomate chorar e laranjas terem vertigem quando colheram uma ao seu lado para a lâmina da morte.

Carne e legumes deveriam cair como maná do céu. Aquele maná misterioso que choveu sobre o povo perdido no deserto. Pelo menos era assim que antigamente se pensava: a vida alheia era para nos alimentar. Naturalmente. Não hipocritamente, como hoje.

Contudo, a esta hora os açougues na França estão exibindo dependurados em suas portas peludos javalis, aves de penas enormes e coloridas, como se tivessem saído de um quadro de natureza-morta dessangrando nosso zoológico sadismo.

E a esta hora estão no Brasil pegando leitõezinhos que, assados, ainda ganham sobre o nariz uma rodela de laranja e aqui e ali azeitonas e outros adereços. E quando postos sobre a mesa nos olham, tão sorridentes e cínicos como nós.

Se mexermos na sopeira com certa convicção, pernas de galinha virão boiando, num cemitério aquático de dar água no céu da boca dos mais místicos. Os mais sedentos, é claro, poderão beber o sangue do frango ao molho pardo, já que não basta o sangue condensado nos chouriços.

Hipocritamente me assento numa churrascaria. Bebo um chope junto com a caipirinha e peço voluptuosamente uma picanha. Por que não um churrasco completo? Sim, aceito. E lá vêm os cadáveres eufóricos correndo para meu prato: tomo a faca, empunho o garfo como um guerreiro tártaro. E como. E rumino. E mastigo. E gosto. O sangue da vítima vai se misturando ao meu civilizadamente. Barbaramente.

O pior antropófago é o que tem remorsos de sobremesa. Eu. E você. Meu hipócrita leitor, meu semelhante, meu irmão.

A montanha de cada um

O que faz um homem escalar uma montanha?

Leio o último *Esquire* e vejo a narrativa de William Broyler Jr., editor do Newsweek, narrando como e por que resolveu subir os sete mil metros do maior pico do Ocidente — o Aconcágua, na Argentina.

O que leva um homem em torno dos 40 a querer escalar altos e arriscados picos? Duas razões, lhe dizem: provar que ainda é jovem e se testar fora do trabalho rotineiro.

E, na sua bem escrita narrativa, William confessa: por ter sempre dado duro à cata do sucesso, descobriu que o sucesso o estava matando. Acordar todos os dias e ir para seu *glamourous job* era mortal. "Eu queria uma realização pessoal, não o poder." E mais: provar-se em situações sem ajuda de terceiros. Um exercício de onipotência, já se vê. Competir com seu elevadíssimo ego.

Tendo-se descoberto entediado no cotidiano, resolveu então confrontar-se com seu pior medo: o de cair, perder o controle, despencar. Descobriu o alpinismo. Começou a ler tudo a respeito, corresponder-se com escaladores de todo o mundo e a escalar montanhas em fins de semana.

Numa coisa ele tinha razão: escalada não é coisa para intelectual: "Numa montanha não há espaço para arte conceitual, música atonal, teoria desconstrutivista. Escalar é a antítese do pós-moderno. Pensei que era disto que precisava".

Chega ele então ao pé do Aconcágua. Sete mil metros de sucesso e narcisismo o desafiam. Excita-se mais quando lhe dizem que o elemento "sorte" era fundamental. Muitos exímios escaladores morrem e outros-nem-tanto têm êxito, por uma questão de sorte. Ou seja: uma perfeita roleta-russa. Arriscadíssima. Lembrava o Vietnã, onde estivera. Com uma vantagem neurótica: aqui ele poderia voltar se quisesse, o que, portanto, era mais uma razão para ficar.

Começando a subida, lembra-se com efeito do Vietnã. Alguns alpinistas que desciam derrotados pareciam com aqueles *marines* que regressavam com o olhar perplexo e longínquo de quem habitou o limite do terror. Uma equipe vem descendo, deixando lá em cima dois japoneses mortos, dizendo que só sobrou uma luva da avalancha que levou um francês e um espanhol e que encontraram o corpo congelado de um argentino. Mas William sobe com seu grupo. Alpinistas costumam ter falta de ar, desorientação, perda de apetite, náusea, insônia, desidratação, perda de memória. "Eu tinha tudo isso", confessa. Mas vai subindo na borrasca, com saudade do escritório em Nova York, se indagando "que diabo estou fazendo aqui", mas vai subindo. Um dia. Vários dias. Várias paradas. Reabastecimento. Está chegando ao pico. E a altitude é tanta que tem que respirar 15 vezes para dar um passo, mover o braço. Perde-se dos companheiros. Avança na neblina. Está há três dias sem comer. Subindo. Mecanicamente. Subindo. O sucesso é um ímã. Lá em cima, o topo do Ocidente. O topo de si mesmo.

Chegou. Mas tão zonzo, escalavrado, enauseado, que não sabe o que sente. Havia posto na mochila a *Nona Sinfonia* de Beethoven. Aguardava uma epifania celestial. Nada. Está um trapo. Nenhuma emoção. Se os anjos cantam, não é ali.

Pior. Um companheiro (só seis dos 16 chegaram) lhe diz que está anoitecendo, vai desabar uma nevasca e têm que começar a descer. Ao todo, confere, ficou ali só dez minutos. Dez minutos e nenhuma epifania.

Dez minutos no topo do Ocidente, e nenhuma epifania.

E, no entanto, a narrativa do jornalista tem um significado. Vários. Primeiro, essa síndrome americana de que o indivíduo tem que ser o número um e que só o sucesso dá sentido à vida. Uma sociedade armada em torno da linha vertical e da quantidade. Segundo, a percepção de que, em qualquer escalada, o "processo" da escalada é tão ou mais importante que chegar ao fim. O "processo" é o fim. E que, em certo sentido, a "narrativa" da experiência é que é o ápice da experiência.

O que faz um homem escalar uma montanha?

Cada escalador que conte a sua estória.

A metafísica da barba

Não se conhece bem o homem que nunca deixou a barba crescer. Digo isto sem preconceitos, porque não pertenço mais à confraria dos barbados. Mas estou convencido de que se conhece mal o homem que nunca deixou irromper na floresta de seu rosto o outro, o selvagem, o agente adormecido, o hirsuto.

Não quero tirar a sabedoria de imberbe algum. Apenas fazê-lo cogitar do quão basta ela poderia ser estampada no seu rosto. Os deuses sempre tiveram barbas. Jeová sem barba não ditaria sequer o primeiro dos mandamentos. Por isto, Moisés subiu a montanha barbudamente. Vejam Napoleão, sem barba, um desastre. Já os generais brasileiros do século XIX, barbados, não perderam uma guerra.

Claro que estou brincando. E falando sério. Mas a ambiguidade não é minha. Cristo até o século VI era apresentado como imberbe. Sacerdotes egípcios raspavam todos os pelos do corpo, mas algumas rainhas, para representarem o poder, usavam barba postiça.

Barba é um assunto seriíssimo. O leproso era obrigado a usar um véu sobre a barba. Pedro, o Grande, declarou a barba infame e cobrava impostos dos barbados. Os *hippies* e Fidel Castro, nos anos 1960, reinventaram a barba para disputar o poder.

Ninguém deixa a barba crescer de um dia para o outro impunemente. Claro que em alguns períodos isto pode ser moda pura, e aí o gesto perde sua gravidade. A barba autêntica é aquela que nasce de uma crise que precipita o indivíduo nas cavernas do seu ser. Grandes místicos acordam um dia com a cabeleira encanecida após uma luta mortal entre anjos e demônios. Também da face de um profano podem escorrer os pelos da metamorfose numa inesperada manhã.

Há mulheres que, tendo conhecido a sabedoria erótica da barba nos lençóis do dia, nunca mais se contentarão com a banalidade barbeada de outros amores. Conheci uma que só alcançou o himalaia do seu erotismo quando o santo amante a elevou aos píncaros de sua barba. Conheci também casos dramáticos: um dia o marido foi ao barbeiro e, aceitando uma provocação, ordenou-lhe que raspasse de vez o cavanhaque e o bigode. Aceitava o desafio. Ia mudar a cara da vida. Contudo, ao regressar para casa os vizinhos já o estranharam e alguns nem o cumprimentavam. Ao abrir a porta, a filha deu um grito. A esposa acorreu, viu e desfaleceu. Depois, um conselho da família condenou o réu. O que pensava ele? Aquele cavanhaque pertencia à família. Resultado: o humilhado pai, o abatido esposo, ficou uma semana num consternado face a face com a família até que, recomposto, o cavanhaque pudesse desfilar pela vizinhança.

Se isto acontece a um simples cavanhaque, imaginem o que sucede a quem, de repente, não mais que repentinamente, raspa a sua peluda imagem do olho alheio.

As pessoas pensam que a sua imagem é delas. Não é. É também incalculavelmente dos outros. A comunidade exerce um controle sobre a imagem alheia. Passa por aí todo o fenômeno de estar na moda, inserir-se num padrão social. Tentem divorciar-se, mudar de religião, hábitos sexuais etc. Os demais sentem um terremoto nos pés. Foram traídos. Acham que o outro rompeu o equilíbrio do sistema. Um presidente não pode botar e tirar a barba à revelia, como edita decretos.

Quando se tem barba descobre-se um outro lado do homem-idade; os barbudos são uma confraria. Deveria até haver uma sociedade que os abrigasse, tipo maçonaria. Eles se observam se estudando minuciosamente, discretamente, nos teatros, bares e até num relance de olhos na calçada. Avaliam a barba do parceiro como só as mulheres sabem avaliar um penteado, uma joia ou vestido na outra. Quem tem espessa barba olha sempre condescendente para quem tem a rala barba de bode. Ter aquela barbona é coisa de animal macho, conferindo a superioridade de seus chifres na campina para o controle da fêmea.

Indizível prazer é esse de cofiar a barba. Inconsciente. Ritualisticamente. Enquanto se lê, enquanto se aguarda o outro dizer uma frase estúrdia, enquanto se toma um vinho ou se afaga o cão junto à lareira. No inverno, barba é ótimo. Coisa de urso. Sabiam que o urso cresce o tamanho do pelo de acordo com o rigor do inverno? Por que não o homem?

Bem dizia Walmor Chagas outra noite, num jantar, quando se discutia a metafísica da barba: a barba é uma máscara como no teatro; é o outro em nós, um modo de o personagem se experimentar em cena.

A verdade é que a barba faz o sujeito, mas o sujeito faz a barba. Por isto, complementando o que se disse na primeira frase desta crônica, e invertendo-a, não se conhece bem o homem que nunca cortou a barba. A barba, como a sabedoria, administra-se. Não pode vir de fora para dentro.

Raspar a barba na manhã. Recuperar um ritual abandonado. O rosto se amplia. Santos óleos escorrem perfumando o dia. O cara a cara consigo mesmo. Também o desbastar, rejuvenescer.

Toda manhã aquele barulhinho; croque-croque, rosque-rosque. O filho dentro e fora do pai vendo-o barbear-se. A luta contra o tempo (croque-croque, rosque-rosque), o tempo agreste, selvagem, que nos olha por trás do espelho irreversivelmente.

Como namoram os animais

Namorar não é só uma coisa antiga na história humana, é também um ritual comum e diversificado entre os animais. Entre nós as coisas andaram mudando muito nesses vinte anos por causa da pílula. Mas entre os leões, patos e jacarés a cerimônia amorosa vem se repetindo sem transformações.

E o que encanta é ver como tanto entre os animais quanto entre os humanos, o ritual é fundamental. Não há amor sem ritual. E cada amante, assim como cada espécie, tem lá seus trejeitos sedutores. O amor, tanto quanto a fome, humaniza os animais e zoomorfiza os homens. Não é à toa que Manuel Bandeira, naquele poema "Namorados", faz o rapaz dizer à moça: "Antônia, você parece uma lagarta listrada".

Os faisões, por exemplo, se entregam a uma curiosa coreografia. O macho começa a operação sedução limpando na floresta um espaço de três metros, varrendo-o de gravetos e pedras. Feito isto, abre suas plumagens radiosas e põe-se a cantar, lançando floresta adentro o seu convite amoroso. Às vezes uma fêmea aparece logo, outras, demora muito, mas ele fica ali, sonoramente esperando, até que ela surja. E mesmo depois que ela vem, ainda tem que se desdobrar, exibindo suas penas. Mas se o macho é preguiçoso e não limpa bem o terreno, a fêmea não aparece.

Já certo tipo de pombo começa seu aprendizado em grupo. Aí os machos ficam durante muito tempo competindo e se exibindo. Parecem guerreiros em preparação para as lutas amorosas. Depois de muitas disputas entre eles é que aparecem as pombas, que se põem a escolher o amado. Ficam ali passeando diante deles como se estivessem passando em revista a tropa, até que assinalam sua escolha dando uma bicada no pescoço do ungido.

Mas é entre os corvos que acontece uma relação triangular cheia de dramas metafísicos e existencialistas. Porque se há carência de macho, as fêmeas ritualizam entre si o seu incontido amor. E se cortejam e se seduzem até que uma das fêmeas passa a exercer o papel masculino. E tanto é o amor, que a outra choca e bota ovos, que por serem estéreis não resultam. Mas não termina aí o romance. Se surge atrasadamente o macho e começa a namorar uma fêmea já em estado de acasalamento "homossexual", não conseguirá desligar as duas amadas. Terá que compor com elas um *menage à trois*, tendo que cuidar das duas ninhadas. E o mais estranho, como diz Hy Freedman no livro *Les fantasies sexuelles des animaux et les nôtre...*, a fêmea dominante tenderá a dominar também o macho, que aceita seu papel subalterno.

Quem leu poemas simbolistas como aquele do Júlio Salusse, descrevendo o cisne que morre de amor quando o parceiro desaparece, ficaria mais emocionado ainda com a vocação monogâmica dos gansos. Primeiro porque eles se elegem mesmo quando imaturos sexualmente. E por mais que os sogros do jovem ganso o espantem de sua casa, ele inventa modos de seduzir e até de presentear a amada. E quando se casam não há quem os possa separar, nem gostam de intrusos. Se sofrem uma separação, ao se reencontrarem fazem tal alarde com bicos e penas, com beijos e danças, que se vai pensar que se separaram durante meses, quando isto foi apenas por poucas horas. O ganso viúvo fica muito mal na hierarquia do grupo. Por isto, alguns se casam novamente. Mas como os gansos vivem numa sociedade complexa, depois de uma grande perda amorosa podem experimentar também uma relação triangular. E aí, pela reprodução sucessiva, sobem na hierarquia social.

O beija-flor faz toda sorte de balé para atrair a fêmea, a borboleta desprende um forte odor e algumas tartarugas preferem amar no fundo das águas. Contudo, o caranguejo é uma espécie de Nijinsky realizando *pas de deux* com sua Márcia Haydée. Quando está a fim de amar, muda de cor e convida a parceira para uma dança em que exibe suas presas, dançando em todos os ritmos. Quando os bailarinos estão bem excitados, se acariciam com as patinhas. O macho, então, faz sua casa cavando um buraco na areia. A fêmea segue atrás dele pelo túnel do amor. Parecem desaparecer. Mas, de repente, ele desponta carregando uma bola de barro com a qual fecha a porta de seu ninho de amor, como a dizer, "enfim sós".

Daltônicos de todo o mundo, uni-vos!

Vocês não sabem como é desnorteante a vida de um daltônico.

E provavelmente alguns de vocês não sabem nem o que é um daltônico. Também não o sabia. Mas foi numa aula de geografia, aos 12 anos, que comecei a suspeitar que não era uma pessoa normal. Ainda não sabia que minha anormalidade tinha nome: daltonismo. Esse nome só fui aprender quando meu irmão mais velho, ao tentar entrar para o Exército, foi infamemente rechaçado sob a pecha de daltônico.

Lembro-me de quando ele voltou para casa, arrasado, porque não fora aceito como os outros colegas para fazer o CPOR. A família reunida na sala com ar fúnebre, e ele como um personagem de Nelson Rodrigues no quarto ato de qualquer ópera: "Sou um daltônico!", e ficamos todos petrificados. Ainda bem que lhe disseram: "Lugar de daltônico é na Aeronáutica, é lá que eles precisam de gente assim, pois o daltônico é capaz de descobrir as camuflagens do exército inimigo". Aí, o ego de toda a família já começou a se levantar: ser daltônico era algo, algo a mais, não era para qualquer um; e além do mais, poderia salvar a pátria. Sim, deve ser daí que nos veio essa mania de querer salvar a pátria.

Daltônico: um sujeito que confunde as cores. O nome vem de Dalton, que em 1794 fez essa espantosa descoberta: algumas pessoas confundem o verde com o vermelho; outras, o amarelo com o laranja. Eu, quando me provocam, confundo o verde, o vermelho, o rosa, o azul, o laranja, o amarelo, o marrom, o cinza, enfim, todas as cores a que tenho direito. Depende da incidência da luz e da cor que está por perto, porque as cores são safadinhas, ficam copulando umas com as outras ante os meus olhos perplexos. Nós, os daltônicos, vemos um mundo insuspeitado aos demais mortais. Vemos utopias onde outros veem tragédias. Deve ser por isto que nunca via nada de mais na legalização do partido comunista. O vermelho pode ser verde, e o verde pode ser vermelho, como, aliás, o demonstraram Luís Carlos Prestes e Plínio Salgado na década de 1930.

Mas voltemos àquela aula de geografia na qual abruptamente o professor me revelou que nem tudo era azul nas costas da Dinamarca. É que eu havia feito caprichosamente um mapa onde deveria destacar os oceanos do mundo. Com que carinho eu o fizera! E, no entanto, ali estava o professor me devolvendo o mapa com a nota três. E ainda estava começando a me assustar quando ouvi sua verberação achando que, de molecagem, eu pintara os oceanos de roxo.

Não, os não daltônicos jamais saberão que profundidades luminosas ondeiam no oceano dos olhos de um daltônico!

Daí, o meu apelo: "Daltônicos de todo mundo, uni-vos!". Somos uma minoria incompreendida, que precisa se organizar agora que todas as minorias já acharam o sentido político de suas vidas nesta década. E dou mais razões para isso. Por exemplo: não é só o Exército que nos rejeita. Também o Detran. Só o amor da Aeronáutica não nos salva. O Detran nos odeia, e se pudesse nos exilava a todos numa ilhazinha — a dos despossuídos de carteirinha de habilitação para dirigir, porque confundem uma corzinha ou outra.

Todos os meus exames de vista para tirar carteira de motorista foram um misto de comédia e patetismo. O funcionário ali achando que eu o estava gozando. Mas também quem manda eles ficarem com aqueles livros cheios de números escritos com bolinhas de todas as cores que se confundem? Não queriam confundir? Então aguentem. E, além do mais, quem manda ficarem misturando ali no grande painel vários sinais luminosos? Então, por que o espanto se chamo o vermelho de laranja, ou verde de amarelo?

Daí, de novo, o apelo: "Daltônicos de todo o mundo, uni-vos!". Vamos à Unesco ou à Anistia Internacional. É preciso que os sinais de trânsito sejam feitos em formatos diferentes. Quadrado: pare. Triângulo: espere. Redondo: continue. Ou que inventem outras soluções, como as que vi os alunos de desenho industrial da PUC ensaiarem. Sobretudo, senhores das cores do mundo, acautelai-vos, porque além dos vossos mundos e cores há outras cores povoando o mundo dos outros.

Fantasia erótica

O casal resolveu passar uma noite no motel. Ou melhor: foi resolvido que o casal deveria passar certa noite num motel. Resolvido não por eles, mas pelos filhos que queriam dar uma festa na casa dos pais, mas sem a presença dos coroas. E o afastamento de pai e mãe era pedido por duas razões que pareciam pertinentes: primeiro, que a festa era de jovens e o som seria da pesada; segundo, porque se armava um agito que iria até as oito da manhã.

No atual estágio de metamorfose da vida social e familiar, os filhos são acionistas do casamento. Houve tempo em que detinham 50% das ações, hoje possuem a maioria. A situação, portanto, é muito diferente daquela de antigamente, na qual filho não dava palpite na organização da empresa matrimonial. Não só se chamava pai e mãe de senhor e senhora, mas tinha-se que pedir bênção, beijar a mão e chegar em casa às 10 horas da noite.

Mas no atual estágio da globalização, também o casamento está sendo terceirizado. Por isso, os filhos desinibidamente disseram aos velhos que gostariam muito de dar uma grande festa na casa e, mais ainda, gostariam que eles passassem o fim de semana fora. E num gesto de sedução irrecusável, disseram à mãe: "Peça ao papai para te levar a um motel".

Ora, não há mulher casada que resista a esse convite feito pelo marido. Algumas não resistem nem ao convite feito por quem não é seu marido. Durante o namoro, os casais frequentam motéis. Depois do casamento, isto praticamente acaba e toda mulher ouve com certa inveja quando uma amiga lhe diz que o marido a levou a um motel. É um trunfo. É como se dissesse: "Está vendo, não preciso de amante".

O fato é que o casal, tanto por amor aos filhos quanto movido por fantasias arcaicas, topou a ideia. E os filhos sentiram certo orgulho daquilo. Até revelavam aos amigos o próximo paradeiro dos pais, como a dizer: "Eles são velhos, mas ainda batem uma bola legal".

E de repente, o fato de o casal ir para o motel acabou virando uma fantasia que concorria com a fantasia da própria festa que os filhos queriam dar. Pois enquanto os filhos contavam como estavam saindo para comprar quantas e quais bebidas, a mulher discutia com que roupa iria ao motel. Enquanto os filhos faziam lista de convidados, o casal começou a comprar revistas do tipo *Playboy*, para ver o endereço dos melhores motéis. Era como se estivessem fazendo licitação de obras. O marido até ligou para um amigo e disse: "Olha, Armando, descolei uma gata aí, você não conte pra ninguém, mas me diga qual o melhor motel da cidade". O outro ficou entre intrigado e cúmplice, e mesmo depois que o marido revelou que era para levar a própria mulher, o amigo ainda disse que ia ver, consultar e depois dizia. Não queria revelar seu conhecimento nessa área.

Finalmente chegou o dia da festa, os filhos já não sabiam se prestavam mais atenção na festa que preparavam ou na preparação que os pais faziam para sua noite num jardim das delícias. Os velhos faziam alongamento, tomavam sol, passaram-se cremes, beberam sucos, se preparando como se preparam atletas para a olimpíada.

Quando a galera começou a chegar à casa da festa, a atenção se dirigia mais para o casal que ia, glorioso, sair do que para os que, eufóricos, chegavam.

E lá se foi o casal. Mas, já no carro, se deram conta de que esqueceram de olhar e escolher o endereço do motel. Então tocaram para São Conrado. Entraram naquela região do Joá com dezenas de motéis. E ele: “Mulher, você escolhe”. Mas o panorama era pouco estimulante. Parecia promoção de restaurante vendendo comida a quilo. Os preços de promoção denunciavam, tanto quanto a arquitetura, que não correspondia à fantasia do casal (e dos filhos). Chegaram a entrar num. O marido avisou: “Vou olhar primeiro, se não gostar, voltamos”. Pois foram, não gostaram e saíram logo. E ainda ficaram por ali uns vinte minutos, entrando e saindo de motel, vendo, não gostando, arriscando serem vistos e difamados.

A noite ia avançando tanto quanto não avançando ia o trânsito na Barra e no Recreio. Ao mesmo tempo, pelo celular telefonam para casa para saberem da festa. A festa queria era saber do motel. “Não, ainda estamos procurando. Os que achamos não correspondem ao que queremos." (E isto foi repassado para todos da festa, que os coroas estavam fazendo um safári, um rali de motéis). Finalmente acharam um motel, que parecia esplêndido. Era. Por isso havia fila aguardando vaga. O casal escolheu uma fantasiosa suíte. E enquanto aguardavam ao lado de outro carro, o marido disse: "Mulher, acho melhor começarmos a fazer alguma sacanagem aqui, senão vão achar que somos marido e mulher". A mulher disse: "Que é isto, me respeite, sou a mãe de seus filhos". Mas acabaram sendo chamados para a esperada suíte.

Era espetacular! Tão espetacular que a mãe não resistiu e telefonou para os filhos descrevendo o paraíso. A festa parou para ouvir a narrativa. E a mãe falava como se fosse Scherazade no apogeu das "Mil e uma noites". A suíte era ampla e tinha uma iluminação especial para cada recanto. Luzes saíam de debaixo da cama, luzes piscavam numa pista de dança. Espelhos para todo lado, música de todo tipo e televisão com inúmeros canais estrangeiros. Junto a um jardim iluminado, um chafariz jorrava água e emoção. Havia a deliciosa banheira quente para hidromassagem. Cama giratória, sauna a vapor e sauna seca, a escolher. Piscina de água quente corrente e um teto que se movia abrindo-se para uma lua cheia. Isto, além das louças inglesas, do cardápio e do champanha que rolava.

A descrição era a de um verdadeiro filme de Cecil B. DeMille, e Nelson Rodrigues diria que naquele motel havia até cascatas com jacaré.

A garotada ouviu aquela narrativa com uma fantasiosa inveja. Eram três e meia da manhã, hora em que começavam a cair pelas tabelas. A partir daí, a festa começou a definhar-definhar, até que, do fundo de sua adolescência, um jovem saiu-se com esse suspiro.

"Quando eu virar coroa ainda vou ter uma noite como eles."

O adágio, a paz e a simplicidade

Eu queria era escrever sobre o poder de certas árias musicais, tão simples que nos esfacelam o coração. Dessas que a gente ouve e fica em pura contemplação. Dessas que a gente não tem dúvida: não foram fabricadas, não foram compostas, nasceram prontas, como pronta nasce uma flor da semente de si mesma, naturalmente.

Que força têm certas árias! Não quero citar nomes, mas não resisto e cito logo um exemplo universal: o adágio do *Concerto de Aranjuez*, do compositor espanhol Joaquín Rodrigo.

Não há ninguém até hoje que tenha resistido a essa música. Tenho certeza que toda vez que soam aqueles instrumentos num quebranto árabe e espanhol o mundo se torna melhor. E se conseguissem tocar esse trecho da música em todos os quarteirões do mundo, incluindo os mares e desertos, poder-se-ia dizer que num certo instante o mundo foi irremediavelmente feliz.

Há inumeráveis músicas bonitas, benfeitas e inteligentes, mas há algumas árias que a gente ouve e pensa: o homem ainda tem salvação; se alguém parecido com a gente foi capaz de fazer isto, então nem tudo está perdido.

É assim: começa a soar um concerto. Por exemplo, o *Concerto 21*, para piano e orquestra, de Mozart. Aí, apesar de já ser Mozart e você achar que Mozart não pode superar a si mesmo, de repente, ele parte para a maior lição de humildade, que é a aspiração de qualquer grande artista; escolhe duas ou três notinhas, que nas mãos dos inábeis passariam desapercebidas, e começa a pingá-las no piano. Começa o movimento chamado Andante. Aí, não tem jeito. Você tira o olho do livro, tira o olho das amarguras, tira o olho do desamor, esquece das dívidas, olha a natureza interior com uma forma suave e deixa a alma respirar beleza.

Um dia estava num avião sobrevoando a Transilvânia, vejam só, aquela região de vampiros, estava indo para Jerusalém e de repente o comandante anunciou que íamos ter uma turbulência e por isto era necessário apertar os cintos etc. Mas como apertar os cintos se no *headphone* começou a soar o Andante do *Concerto para violino* de Mendelssohn?

Caísse o avião, eu não estava nem aí. Anunciassem o que quisessem, toda e qualquer tragédia, há muito eu já estava nos céus entre querubins e serafins. Tenho certeza de que no dia em que Mendelssohn compôs essa parte do concerto, o Senhor, do alto de sua clemência, perdoou todos os pecados dele e de sua descendência até a quarta geração.

Não falei ainda do adágio de Albinoni. E o que essa música já fez pelo coração dos jovens amantes, só se compara ao que Aranjuez continua inapelavelmente a fazer quando nas tardes os amantes se encontram e diluem os corações, um nas doçuras do outro.

Estou me dando conta que privilegio muito os andantes e os adágios. Devo confessar que tenho um fraco por adágios e andantes. Aí a alma da gente começa a passear num parque de folhas secas, como se estivesse num dourado outono. O adágio tem essa força, essa gravidade, essa densidade, como se estivéssemos num ritual, caminhando para alguma coisa digna que dá sentido à nossa vida. Quando começa um movimento mais ríspido e espevitado, minha alma agradece, mas quer mesmo é adágio e andante, porque o ritual harmônico das almas é que dá sentido à vida.

Algum maldoso poderia dizer: "Você está citando só musiquinhas populares dentro da música clássica". Aí, eu exclamo: "Vaidade das vaidades, tudo é vaidade! Eu também já tive minha fase de glorificar os modernos e modernosos, — e entre eles há tanta coisa que eu gosto! —, mas estou falando de uma coisa totalmente diferente, e se você não está me entendendo, finja que está, e prossigamos".

Acho que a idade da sabedoria, ou algo que se aproxime a isto, tem muito a ver com adágios e andantes. Na Grécia, os pensadores, quando queriam pensar algo grave, saíam andando fora dos muros da cidade, a conversar, peripateticamente. Andar e conhecer, colocar a alma em ritmo de adágio, pura meditação, ainda que acompanhada.

Na infância e juventude predomina o *allegro vivace*. É bom para começar. Mas a alma se refestela mesmo é quando irrompe o denso e suave adágio da maturidade.

Há uma série de músicas que nos enchem tanto de vida, que dizemos: "Essa é a música que eu queria ouvir na hora de morrer". De minha parte, já pensei até em preparar uma gravação para isto. É a única maneira de compensar a feiura dos cemitérios e suas deprimentes capelas. Seria realmente mais digno ir sendo levado por uma verde campina enquanto soassem Mozart, Mendelssohn, Bach, Albinoni, Telemann, Vivaldi e outros.

Não gosto de músicas que contrariem a natureza. E a música era outra coisa antes de o mundo conhecer a poluição industrial.

Por isto, minha amiga, toque mais uma vez o *Concerto de Aranjuez* na sua alma. Deite-se entre as almofadas da tarde e vá sorvendo o silêncio da noite, porque a vida é harmonia e musicalmente se ama melhor.

Arte e fuga da espera

O que espera uma pessoa que espera?

Olho aquela ali na praia, na esquina, no aeroporto, no bar. Irrequieta. Espera o quê? Seu pescoço volta e meia faz meia-volta como um farol que não ilumina nada. Tão somente, circularmente espera. Viciosa e ansiosamente espera.

A pessoa que espera não aguarda apenas que o outro chegue. Fantasia que com o outro e a sua forma, com o outro e a sua voz, chegará o que ela desde sempre espera. Esperar assim é esperar perdidamente.

Quem espera, mas está seguro que o outro vem, na verdade, não espera. Vive plenamente seu tempo fluindo como o rio, aguarda a confluência com outro, certo de que hão de se misturar as águas, peixes, terras e emoções no mesmo orgasmo no mar.

A verdadeira espera é diferente. A pessoa que espera, mais que as outras, está exposta na vitrina de seus gestos.

Esta voltada para fora, perdeu seu centro, precisa de uma visão que a complemente, está sofridamente frágil, está sem pele com a carne viva ao vento.

O tempo não passa. Ou pior, transpassa, por dentro, rasgando em aviltamentos.

A pessoa que espera está coagulada no instante.

O que espera é estátua. Pulsante.

Esperar é tarefa pesada demais para os mortais.

Os deuses, sim, têm tempo para desperdiçar. Quem se faz esperar, brinca de Deus. Demoniacamente.

E na espera, há um momento em que acontece algo surpreendente. Algo se erige no vazio. De tanto querer ver e encontrar, de tanto querer ouvir e tocar, começa-se a vislumbrar o outro nos corpos alheios. De repente, começa-se a alucinar. Uma nuca, um certo modo de prender ou soltar os cabelos é presença do ausente. O que espera, desesperadamente tira de dentro de si mesmo o outro faltante como um ectoplasma. Há qualquer coisa de espelho, de espelho vazio, vazio nessa espera angustiante.

O esperador contumaz sabe seu ritual. Já abatido, exaurido, primeiro segrega algumas desculpas pelo outro: certamente aconteceu algo imprevisto, atrasou-se um pouco, é natural. E vai se dando tempo, inventando razões, criando etapas, prazos novos, falsos limites: — espera só mais um pouco, não é possível, ele vai ver quando chegar. De súbito passa a agredir o outro imaginariamente, se eriça todo, começa a depreciá-lo, mas é a si mesmo que agride, é para dentro que sangra. E se o outro chegasse, pobre do que espera! Num átimo se recomporia todo e iria lamber seus pés.

Quem já ficou plantado numa calçada ou se postou noites inteiras diante de uma porta ou janela, ficou uma eternidade roendo as unhas na mesa do bar ou com as asas murchas na pista de um aeroporto, sabe do que falo.

Há pessoas que esperarão a vida inteira. Há pessoas que farão os outros esperarem a vida inteira. Na verdade, existe um secreto pacto entre o que se faz esperar e o que espera, como há entre o rejeitador e o rejeitado, entre o sádico e o masoquista. É um jogo de cão e gato. E quando o rejeitador fareja no ar a sua vítima, começa o ritual. O esperador vocacional, por sua vez, cai diretinho na armadilha. Conhece as etapas do jogo e mal encontra o outro, vai logo tomando o caminho das esquinas, se postando diante das portas e janelas, rondando os bares e aeroportos. O rejeitado olha mais que qualquer outro para o telefone. Não apenas olha, ouve sua chamada nenhuma.

Quem espera é um fio tenso, que a qualquer hora vai se partir. Entre o seu corpo e o mundo, há um vácuo triste e denso. Há qualquer coisa do condenado com a cabeça exposta no patíbulo, cuja guilhotina, no entanto, não vem.

E se nos aproximarmos do lugar onde por uma eternidade esteve aquele que esperou, veremos não apenas marcas sobre o chão, papéis e tocos de cigarro. Ali estão outros destroços. Pedaços, fragmentos de um corpo, restos de sentimentos deixados por aquele que inutilmente esperou. Ali perdeu-se algo. Ali a vida de alguém coagulou.

Receita para mal de amor

Meu amigo tem um amigo que está apaixonado.

Está amando e pedindo socorro, porque ao mesmo tempo em que se sente luminosamente dono do mundo, sabe-se a mais frágil das criaturas. Está meio desorientado. Às vezes até acha que está enfermo. O seu dia a dia não é mais o mesmo. Por isso, pede um remédio. Pediu-me, como se pede ao farmacêutico na esquina, que lhe indicasse alguns poemas, única poção capaz de minorar seu mal de amor.

Eu teria que fazer um diagnóstico mais acurado. Encontrar-me com o paciente, fazer-lhe umas quantas perguntas, devido à responsabilidade da profissão. Mas não foi possível marcar hora, tomar o pulso, a pressão, ver como anda seu abalado coração. Como o pediatra acordado alta noite por mães aflitas, a receita vai ter que ir por telefone, ou crônica, e aguardar que a dor passe.

Sugeri ao amigo: seria melhor que o amante sofredor se internasse para ler os poemas de amor de Camões, Drummond, Shakespeare, Vinicius, Paul Éluard e Neruda. Mas reconheci que nem sempre os planos de saúde garantem isto. E nem todos têm uma portentosa farmácia em casa. Então, perguntei: "Que idade tem o paciente?" "Já é um homem maduro", respondeu.

Nesse caso é mais grave, pensei. Então leia, de Drummond, o poema "Campo de flores", que começa assim: "Deus me deu um amor no tempo de madureza,/ quando os frutos ou não são colhidos ou sabem a verme./ Deus — ou foi talvez o Diabo — deu-me este amor maduro,/ e a um e outro agradeço, pois que tenho um amor." E por aí o paciente vai sentir que as antigas manhãs voltaram a sorrir para ele, que ele acha que merece mesmo esse autor, apesar da angústia que lhe traz. E há de concordar. "Mas, porque me tocou um amor crepuscular/ há que amar diferente".

Contudo, o meu amigo preocupado me adverte: "Olha, o caso dele é meio grave, porque está pensando até em se matar". Bem, nesse caso, digo, o remédio drummoniano tem que ser outro, é o poema. "Não se mate", que ironicamente começa assim: "Carlos, sossegue, o amor/ é isso que você está vendo:/ hoje beija, amanhã não beija,/ depois de amanhã é domingo/ e segunda-feira ninguém sabe/ o que será./ Inútil você resistir/ ou mesmo suicidar-se./ Não se mate, oh não se mate,/ reserve-se todo para/ as bodas que ninguém sabe/ quando virão,/ se é que virão".

A seguir, diz-me que seu amigo depois que se apaixonou ficou meio esquisito. Não está nem aí. Fala-se com ele uma coisa, ele responde outra. Não há visita do Papa nem eleição que lhe interesse. Esclareço que isso é normal em tais casos. Camões diz: "...fico perguntando aos ventos amorosos, que respiram da parte donde estais, por vós, Senhora;/ às aves que ali voam, se vos viram/ que fazíeis, que estáveis praticando/ onde, como, com quem, que dia e hora?"

E acrescento que não se desespere mais do que o necessário, porque o amor, segundo outra fórmula da farmacopeia amorosa de Camões, "é um fogo que arde sem ver,/ é ferida que dói e não se sente/ é um contentamento descontente/ é dor que desatina sem doer,/ é um querer mais que bem querer,/ é um andar solitário por entre gente,/ é um nunca contentar-se de contente,/ é um cuidar que ganha em se perder,/ é querer estar preso por vontade,/ é servir a quem vence, o vencedor,/ é ter com quem mata lealdade./ Mas como causar pode seu favor/ nos corações humanos amizade/ se tão contrário a si é mesmo o amor?"

No caso de o apaixonado sentir que o destino lhe foi atroz, porque não permitiu que conhecesse sua amada há mais tempo, quando era jovem, então não estará só. Um poeta mineiro — pouco conhecido —, Emílio Moura, tem apaziguantes pomadas para tal situação: "Por que me roubaram tanto tempo? Por que não te conheci menina?/ Por que não te conheci quando ias para o colégio?/ Por que não te conheci no momento terrível da revelação da vida?"

Isso de querer voltar à infância dos sentimentos é legítimo, quando se ama. Bandeira também considera isto em "O impossível carinho": "Escuta, eu não quero contar-te o meu desejo./ Quero apenas contar-te a minha ternura/ Ah se em troca de tanta felicidade que me dás/ Eu te pudesse repor/ — Eu soubesse repor—/ No coração despedaçado/ As mais puras alegrias de sua infância!"

Pode dar-se que o amante tenha ímpetos de escrever à sua amada. E tenha vergonha de lhe mandar os versos. Nesse caso, pode mandá-los anonimamente, ou simplesmente copiar aquele soneto de Felix Arvers, que antigamente se sabia, no qual o tímido poeta dizia: "Tenho n'alma um segredo e um mistério na vida,/ um amor eterno, que num minuto aflora/ uma infeliz paixão que urge escondida/ e que a própria mulher, que me inspirou ignora." E porque teme que ela descubra quem ele é, resigna-se a imaginar que a amada, "a um tempo honesta e bela/ dirá por certo ao ler meus versos cheios dela./ — Que mulher será esta? — e não compreenderá".

Nesse ponto, o amigo do amigo apaixonado me pergunta: "E você, poeta, nunca amou?" Eu, pundonoroso, respondo que tenho lido muito a respeito. A rigor não amo melhor nem pior do que ninguém. Do meu jeito amo. Ora esquisito, ora fogoso, às vezes aflito ou ensandecido de gozo. Já amei até com nojo. Coisas fabulosas acontecem-me no leito. Nem sempre de mim dependem, confesso. O corpo do outro é que é sempre surpreendente.

Mas, de qualquer jeito, concluo que o amor é sempre um mistério. E o mistério começa do joelho para cima.

O mistério começa do umbigo para baixo, e nunca termina. E terminei dizendo: "Diga ao seu amigo que aproveite e sofra de amor o mais que puder, porque, como dizia um espanhol renascentista chamado Juan de Encina; 'Más vale trocar placer por dolores, que estar sin amores'".

O velho olhando o mar

Meu carro para numa esquina da praia de Copacabana às 9h30 e vejo um velho vestido de branco numa cadeira de rodas olhando o mar a distância. Por ele passam pernas portentosas, reluzentes cabeleiras adolescentes e os bíceps de jovens surfistas. Mas ele permanece sentado, olhando o mar a distância.

Uma mulher ao seu lado, parecendo enfermeira ou parente mais jovem, ajeita-lhe o cabelo, conserta suavemente uma dobra de sua roupa. É um velho, pensei, um velho olhando o mar.

O carro continua parado, o sinal fechado e o estupendo calor da vida batia de frente sobre mim. Tudo em torno era uma ávida solicitação dos sentidos. Por isto, paradoxalmente, fixei-me por um instante naquele corpo que parecia ancorado do outro lado das coisas. E sem fazer qualquer esforço, comecei a imaginá-lo quando jovem. É um exercício estranho esse de começar a remoçar um corpo na imaginação, injetar movimento e desejo nos seus músculos, acelerando nele, de novo, a avareza de viver cada instante.

A gente tem a leviandade de achar que os velhos nasceram velhos, que estão ali apenas para assistir ao nosso crescimento. Me lembro que, menino, ao ver um velho parente relatar fatos de sua juventude, tinha sempre a sensação de que ele estava inventando uma estória para me convencer de alguma coisa.

No entanto, aquele velho que vejo na esquina da praia de Copacabana deve ter sido jovem algum dia, em alguma outra praia, nos braços de algum amor, bebendo e farreando irresponsavelmente e achando que o estoque da vida era ilimitado.

Teria ele algum desejo ao olhar as coxas das banhistas que passam? Olhando alguma delas teria se posto a lembrar de outros corpos que conheceu? Os que por ele passam poderiam supor que ele fazia maravilhas na cama ou nas pistas de dança?

Me lembra ter lido em algum lugar que o inconsciente não tem idade. Ah, sim, foi no livro de Simone de Beauvoir sobre a velhice. E ali, ela também apresentava uma estatística segundo a qual, por volta dos sessenta anos, poucos se declaram velhos; depois dos oitenta anos, só 53% se consideram velhos, 36% acham que são de meia-idade e 11% se julgam jovens.

Não sei por que, mas toda vez que vejo um senhor de cabelos brancos andando pela praia penso que ele é um almirante aposentado. Às vezes, concedo e admiro que ele pode ser também da Aeronáutica. Por causa disso, durante muito tempo, vendo esses senhores passeando pela areia e calçada, sempre achava que toda a Marinha e a Aeronáutica haviam se aposentado entre Leblon e Copacabana.

Mas esses senhores de shorts e boné branco, que passam às vezes em dupla pelo calçadão, são mais atléticos que aquele que denominei de velho e, sentado na cadeira, olha o mar.

Ele está ali, eu no meu carro, e me dou conta de que um número crescente de amigos e conhecidos tem me pronunciado a palavra "aposentadoria" ultimamente. Isto é uma síndrome grave. Em breve estarei cercado de aposentados e forçosamente me aposentarão. Então, imagino, vou passear de short branco e boné pelo calçadão da praia, fingindo ser um almirante aposentado, aproveitando o sol mais ameno das 9h30 até cair sentado numa cadeira e ficar olhando o mar.

Me lembra ter lido naquele estudo de Simone de Beauvoir sobre a velhice algo neste sentido: "Morrer, prematuramente, ou envelhecer: não há outra alternativa". E, entretanto, como escreveu Goethe: "A idade apodera-se de nós de surpresa". Cada um é, para si mesmo, o sujeito único, e muitas vezes nos espantamos quando o destino comum se torna o nosso: doença, ruptura, luto. Lembro-me do meu assombro quando, seriamente doente pela primeira vez na vida, eu me dizia: "Essa mulher que está sendo transportada numa padiola sou eu". Entretanto, os acidentes contingentes integram-se facilmente à nossa história, porque nos atingem em nossa singularidade: velhice é um destino, e quando ela se apodera da nossa própria vida, deixa-nos estupefatos. "O que se passou, então? A vida, e eu estou velho", escreve Aragon.

Meu carro, no entanto, continua parado no sinal da praia de Copacabana. O carro apenas, porque a imaginação, entre o sinal vermelho e o verde, viajou intensamente. Vou ter de deixar ali o velho e sua acompanhante olhando o mar por mim. Vou viver a vida por ele, me iludir de que no escritório transformo o mundo com telefonemas, projetos e papéis. Um dia talvez esteja naquela cadeira olhando o mar a distância, a vida distante.

Mas que ao olhar para dentro eu tenha muito que rever e contemplar. Nesse caso não me importarei que o moço que estiver no seu carro parado no sinal imagine coisas sobre mim. Estarei olhando o mar, o mar interior, e terei navegantes alegrias que nenhum passante compreenderá.

O surgimento da beleza

O surgimento da beleza paralisa tudo.

A respiração se modifica, os olhos se completam numa outra luz e o corpo inteiro se alça da pequenez do instante.

E aquela mulher ali na praia, em pé dentro d'água, não pediu licença alguma, mas invadiu minha vida e a de quantos a contemplam em pura epifania e devoção.

Paro de caminhar. Sou um contemplador do instante. Todos nos concentramos naquelas formas onde a harmonia se condensou em pernas, braços e cabelos ao vento. A beleza tem isto: quando irrompe, alicia a todos. E ali estamos conferindo nos olhos uns dos outros a mesma admiração. Estamos todos coniventes diante da beleza que surgiu no mar.

Mas a beleza, quando surge, mais do que imprevista, é imperiosa e exige dedicação. Se aquela mulher virasse para o seu público e dissesse: "Matem-se por amor a mim!", todos nos atiraríamos na eternidade. Se dissesse: "Escalem o Himalaia!", subiríamos voando como querubins.

Por isto, é muito perigoso o encontro com a beleza. A alguns ela devora docemente. A outros ela desarma totalmente e petrifica. Ela não pede nada e, no entanto, parece o tempo todo ordenar. Deve ser por isto que os gregos queriam vinculá-la à Verdade e ao Bem. A beleza perversa seria o nosso fim.

Olhei um girassol no meu terraço outro dia no exato momento de sua maior glória. O que ele me oferecia naquele instante era de uma eternidade penetrante. Examinei-lhe a geometria luminosa, que nenhum Vassarely jamais conseguiria reproduzir em seus painéis, apesar do computador. O girassol, tanto quanto eu, sabia que aquele era o seu instante de beleza aguda e se oferecia a mim extasiado em sua doçura, como só se extasia nele a perdida abelha.

Há dias que saio pelas ruas e festas faminto de beleza. Abro livros procurando certas passagens, leio poemas que sei de cor, de novo ouço uma flauta, um oboé, procuro aquele movimento de cordas de um determinado concerto. Eu sei onde encontrar a beleza. Vivo com ela. Tenho seu endereço secreto e a frequento amiúde na montanha ou beira-mar.

Um dia surpreendi-a numa pracinha medieval em Antibes, outro numa ruazinha barroca em Minas. Ela me foi servida em alguns museus, a reconheci em alguns objetos e se eu olhar bem firme nos olhos do semelhante, às vezes, a posso achar.

Aquela mulher ali na praia, por exemplo, não sabe que iluminou meu dia para sempre. Ao seu lado está sua amiga. Seu corpo é correto, sadio e humano. Mas não passa de uma sombra junto ao Sol. Em vão agita os braços nas águas, fala alto. Não adianta. A bela mulher ao seu lado sequestrou para sempre a atenção de todos nós.

É assim com o bailarino ou bailarina que irrompe em pleno palco. À passagem de seu corpo, os outros se obscurecem consentidamente. Há um pacto entre o belo e o menos belo. Um pacto entre o ser e o contemplar.

Mas a beleza não é só mulher. Ela é andrógina. Se assim não fosse, como explicar que também os homens se extasiassem ante outros homens? E há homens tão potentemente belos que podem submeter exércitos só com o olhar.

Porém, se a beleza é assim tão urgente e relevante, por que nos aparece tão raramente? Se é assim tão necessária e pungente, por que é de natureza tão avara? Se dela carecemos tanto, por que nos deixa nesse exílio e incompletude?

A ausência da beleza é uma condenação. É um lapso. É a não história. Tudo que os homens fazem é por ela. Fazem excursões à Europa, vão à Grécia, constroem estradas, lançam passarelas entre as estrelas e inventaram a arte para apreendê-la. Tivéssemos que viver constantemente em contemplação do belo, no entanto, e ninguém trabalharia. Seríamos estátuas petrificadas na admiração. O mundo não careceria de mais nada. Viveríamos num orgasmo luminoso e contemplativo, e aqui se instalaria de vez a eternidade.

A ausência da beleza é quando o tempo se inaugura. E o tempo é falha e ruptura. A ausência de beleza é o erro, o pecado. A beleza é alegria e o avesso do que é triste.

A beleza é notícia de que Deus existe.

Primavera musical

Esta varanda na montanha desemboca na primavera.

E essa música que vem da sala vai sobrevoando as coisas como um bando de andorinhas ao entardecer.

Há um oboé soando no fim do dia e uma melodia ondula no horizonte acompanhando as curvas das montanhas. As mais distantes são cinza e azuladas. Têm a longínqua sonoridade do que vai desaparecer na noite. As mais próximas têm um esverdeado escuro, mas aqui e ali há um ou outro pé de ipê dourando a tarde.

Deve ter sido olhando a natureza que os clássicos compuseram suas melhores melodias. Um músico, então, era isto, um jardineiro de sons, disseminando melodias nas varandas da manhã.

Essas orquídeas, por exemplo. Talvez elas não saibam tudo o que significam. Elas são o que são, mais a música que não sabem que emitem. Estou rodeado delas, há tantas que não as vejo todas. Algumas me veem sem que eu lhes retribua a homenagem. Deve ser daí que harmonias impressentidas me alimentam.

Essas abelhas que zumbem nas cordas desses violinos vão se adentrando na flor, beijando docemente o clitóris das flores como a boca do flautista suga mel de uma ária de Mozart.

Considero essas florzinhas, que me soam como pequenas águas-marinhas, se águas-marinhas tivessem essa cor que só as begônias têm. Sim, certas flores são fanfarras num festim.

Agora, por exemplo, é tempo de azaleias. Quer sejam brancas, vermelhas, rosadas ou nos diversos tons de azul, elas estão emergindo. Até nas poluídas ruas de São Paulo estão se cobrindo de pétalas, como a demonstrar que a música pode perfumar até o áspero concreto.

Com a primavera vêm as primeiras grandes chuvas. Essas águas que desabam assim de repente têm algo de Beethoven. Já não são um concerto para cordas de Bach, que esse também gosta de desenhar montanhas e voos de andorinha no entardecer. As chuvas que resgatam a seca grama são grandes sinfonias com trompas e trovões e clarinetadas de raios secundadas por surdos tambores.

Como se um regente invisível pusesse em movimento a natureza, de repente, não só as flores, também animais, aves e insetos vão saindo do árido silêncio do inverno e transitando suas presenças sonoras. Alguns desses seres, como as formigas, são silenciosos. Vejo-as subindo pelo corrimão da varanda, indo na direção da doce água que alimenta os beija-flores.

Aparecem insetos estranhíssimos já na entrada da primavera, em breve começarão a zumbir na direção do verão e girar em torno da lâmpada da sala, a andar pelos tapetes.

Não há como impedir que a primavera e a vida penetrem pelas frestas da casa.

Acho que é cravo o que está soando nesse dedilhar de cores no teclado. A música circula em torno de si mesma, como se estivesse num salão elegante do século XVII, e eu lanço os olhos para a fronteira que me separa do vizinho. Está florindo ali um festival de buganvílias, que acabei de plantar.

Tenho cometido algumas iniquidades, é verdade. Possivelmente numa hora de ressentimento exagerei o defeito do desafeto e apressado não me detive nas virtudes de quem me quis, mas neste ano me redimi: plantei uns dez pés de buganvílias no meu jardim.

O amor ensinou-me a conhecê-las e hoje, daltônico, conheço suas cores. Plantei-as todas, as roxas, as vermelhas, as cor de telha, as lilases e outras tonalidades. Estão se erguendo do desconhecido com uma efusão comovedora. Devem estar se alimentando de Vivaldi, Corelli e Telemann. Aumento o meu som para que escutem melhor sua melodia interior.

As fronteiras são muitas. No Oriente Médio, na Bósnia e no Casaquistão deveriam ter plantado essas extremosas que o amor também me fez erguer contra a hostilidade do arame farpado. Não deram flores ainda, nem eu as esperava agora. Elas virão. Talvez depois dessas hortênsias que lá vêm se alçando e abrirão seus leques em pleno verão, fazendo com que a casa, de longe, se assemelhe a um campo de rosada neve.

A música cessa. Não a das flores. A que tocava no aparelho. E as flores ganham outra sonoridade. Começo a ouvir o mínimo ruído que gera o grilo e o cantar de um outro pássaro a distância. Se prestar mais atenção, perceberei que é de algum ninho nas folhagens que surgem discretos pios de nova vida.

Pardais bicam na grama algumas sementes. Um gavião cruza lá em cima, ameaçador, lembrando que a vida é voraz, e no azul que desmaia ressoa o latido distante e intermitente de um cão.

A noite pode chegar, pois a primavera já ocupou o seu lugar.

“Meu amigo virou Deus”

Tenho vários conhecidos que se julgam Deus. Mas tenho um amigo que, por sua vez, tem outro amigo que virou Deus.

Isto não ocorre todos os dias. Por isso, tenho que narrar o que ouvi do embaixador Alberto da Costa e Silva, há dias, na Colômbia. Ele teve o privilégio de conviver com Deus antes e depois de se tornar Deus. Assim, ele conheceu as duas faces de Deus, ou melhor, a dupla face do homem.

A estória transcorre na África. E o Deus de que falo, antes de chegar à sua forma final e absoluta de aprimoramento, fazia doutorado na Inglaterra. Devo reconhecer que fazer doutorado leva muitas pessoas a se sentirem meio deusas, sobretudo quando o título lhes é conferido no exterior. Mas este não foi exatamente o caso. O nosso personagem não se transformou em Deus por ter feito o doutorado. Ao contrário, por ser Ph.D., quase perdeu a oportunidade de ser Deus.

Ora se deu que o pré-Deus, tendo nascido na África, foi então estudar na Inglaterra. Ele pertencia a uma dessas famílias da elite de seu país. Devo reconhecer também que ser da elite já leva as pessoas a se pavonearem angelicais e a viverem nas nuvens. E este foi o caminho natural que o amigo do meu amigo seguiu para se transformar em Deus.

O fato é que, tendo estudado na Inglaterra, o nosso personagem voltou ao seu país de origem. E ali ia administrando os negócios de sua família muito bem. Havia se casado, tinha os seus amigos e a vida ia normalmente, até que ocorreu uma coisa imprevista. Morreu-lhe o pai. Isto é doloroso, evidentemente, mas foi a partir daí que essa criatura de Deus se transformou no próprio. Segundo os hábitos de sua gente, deveria haver uma cerimônia para o enterro do pai. Mas, surpreendentemente, ninguém apareceu. O nosso (ainda) homem ficou ali, perplexo e abandonado. Nenhum amigo. Nenhum parente. Ninguém.

Saiu perplexo a indagar o que havia ocorrido, por que aquele abandono coletivo? Fizeram-lhe então a revelação que ia mudar sua vida: ninguém fora à cerimônia de sepultamento de seu genitor porque ele, o filho, havia adiado e até então se recusado a cumprir os rituais da tribo para se transformar em Deus. Exatamente. Ele havia sido escolhido como o sucessor, o herdeiro, aquele que conduziria espiritualmente o povo e, no entanto, relegara as tradições.

Nosso personagem encontrou-se numa situação de divina perplexidade. Não é todos os dias que nos convidam a ser Deus. Conhecemos entre os nossos amigos muitos que têm aquela síndrome que Jung chamava de “ego inflado”, ou seja, o sujeito se crê realmente o maior, divino, maravilhoso. Mas ser convidado e, mais do que isto, instado pela multidão a ser Deus é raro, raríssimo.

No Brasil, alguém pode alegar que isto é comum. Volta e meia, no Maracanã, a galera começa a cantar em coro: “Hei, hei, hei (Pelé, Zico, ou sei eu lá quem) é o nosso rei”. Mas é diferente. Basta que um deles faça uma bobagem no campo e vira um judas malhado, sem qualquer aleluia.

Portanto, reconheçamos que é perturbador ser convidado para ser Deus. Se a gente se alvoroça todo quando vira síndico de um prédio ou chefe de seção, imagine uma convocatória dessas.

O fato é que ninguém é de ferro. O ser humano tem seus limites, e o amigo do meu amigo aceitou virar Deus.

Mas antes teve que comunicar à família. Porque imaginem a mulher: estava acostumada a deitar-se com seu homem e, de repente, acorda com um Deus nos braços. E os filhos? E toda a parentela? Portanto, era necessário acertar com a família os detalhes da futura vida divina.

Mesmo porque a metamorfose começaria já por um detalhe. Deus teria que ter várias mulheres, portanto, fazia-se urgente um concílio familiar para se estudar o papel da mulher original e das outras no reino celeste.

E tinha mais: Deus, antes de ser Deus, tinha que se submeter a várias provas e rituais. O que, de resto, julgo ser justo, pois se exigem concurso para assistente administrativo e para soldado passar a cabo, por que não para ser Deus?

Depois dos rituais de iniciação, já como Deus, o nosso herói trocou de roupas e passou a ser uma espécie de Gandhi, com um cajado e trajes típicos. Andava sempre com um couro de bode, que era o único objeto sobre o qual, segundo a tradição, poderia assentar seu divino traseiro. E tinha uma outra coisa: passou a andar sempre acompanhado de um ajudante chamado "o língua", pois sendo Deus, não se dirigia mais aos mortais. Falava simplesmente, e "o língua" repetia o que dizia aos demais.

No entanto, sendo Deus, também tocava os negócios da família, e volta e meia se reunia com os antigos amigos ocidentais para jogar pôquer. Um dia alguém lhe perguntou se era difícil ser Deus. E ele explicou que não, que o pior era, dentro da dramatização real, ter que ouvir várias vezes por dia um coro que o acompanhava sempre dizendo que era "perfeito", "divino", "inalcançável". Às vezes se cansava disto, achava um porre.

Neste ponto não pude deixar de pensar nos homens do coro. Imaginei um ou outro dizendo à sua mulher antes de ir para o trabalho de louvação: "Lá vou eu, repetir para aquele chato que ele é perfeito, divino, inalcançável. E o pior, mulher, é que acho que ele já está começando a acreditar nisto."

Improviso para Mozart

"Mozart ouvia Mozart o tempo todo", disse minha amiga Sofia.

Aparentemente isto poderia ser uma tautologia. Tautologia, o que é? Uma repetição desnecessária, óbvia. Mas há certas coisas que só a tautologia inteligente pode dizer. De tudo o que Gertrude Stein fez, só ficou essa frase tautológica: "Uma rosa é uma rosa, é uma rosa." Por isto, tem razão o mestre zen invocado por Marcelo Garcia diante de uma flor: "Chega de analogias". Assim como uma rosa é igual a si mesma e nada mais, Mozart ouvia Mozart o tempo todo.

Alguém pode aduzir: mas da Vinci pintava da Vinci o tempo todo. Talvez. Mas Picasso nem sempre pintou Picasso. O próprio Van Gogh começou não pintando Van Gogh, andou copiando as gravuras japonesas, fazendo aqueles quadros realistas de comedores de batata etc.

E no dia em que Van Gogh começou a pintar Van Gogh, Van Gogh não suportou, enlouqueceu. Van Gogh era demais para Van Gogh.

Talvez Mozart fosse demais para Mozart, por isto ele também morreu cedo. Mas o fato de que não precisava ir ao concerto para ouvir Mozart redobra minha inveja. Nós outros, pobres mortais, o que fazemos? Queremos ouvir Mozart, temos que ligar o rádio, colocar o som a funcionar, tentar assoviar uma ária dele. Ou, então, dizemos: "Ontem fui ao Municipal assistir ao Don Giovanni de Mozart".

Mas com Mozart a regência do verbo assistir é diferente. Nele a música se fez carne, portanto, nele o verbo tem a acepção de morar, residir, e então se pode dizer: o Don Giovanni assiste em Mozart.

Por isto, a frase de Sofia me fez, de repente, pensar que Mozart acordava de manhã ouvindo Mozart. E quando caminhava por aquelas ruas de Salzburg era Mozart que ouvia. E quando amava e desamava, e até mesmo quando Salieri o invejava, era a música de Mozart que o salvava.

Um pássaro está pousado num galho. Direi: aquele pássaro não voa?

O pássaro quando é pássaro, mesmo parado, voa. É como a pedra, que mesmo dentro do rio é pedra. É como a flor, que sendo flor esgota em si toda a possibilidade de não ser flor.

Por isso não me lembro de quando ouvi Mozart pela primeira vez. Acho que sempre o reouvi. Sempre o reconheci, porque Mozart, quando surgiu para Mozart, Mozart já o estava aguardando.

No ano de 1991 todo mundo estava homenageando o compositor, pelos 200 anos de sua morte. Estavam ouvindo Mozart mais do que nunca. Mas nunca o ouviremos tanto quanto ele próprio o fez.

Deveria, talvez, fazer-lhe um poema, forma mais autêntica de dizer as coisas; nem que fosse um daqueles poeminhas que Manuel Bandeira fazia para Schumann, ou Murilo Mendes para o próprio Mozart. Já fui uma vez a Salzburg. Andei por aquelas ruas, entrei na casa em que Mozart vivia, vi ali cenários de óperas e coisas que lembram o prodígio. Andei por aquelas praças e jardins, fui lá em cima naquele castelo, de onde se vê toda a cidade. Dentro de mim Mozart soava o tempo todo como se fora de mim Mozart também soasse.

Não há originalidade alguma nisso. Gostar de Mozart não é virtude. Pecado é não gostar. De Bach, pode-se gostar ou não. Ele é cerebral, matemático demais para certos espíritos, ainda que fizesse a mais musical das matemáticas puras. De Beethoven pode-se apreciar ou não essa ou aquela peça, achar que havia um tormentoso barulho no seu desvario musical, que por isto tinha lá suas razões para ficar surdo.

Mas desgostar de Mozart, quem há de?

Mozart tem essa vantagem: é generoso. Alguém pode dizer, isto não é atributo necessário ao artista, é característica de fundações de caridade.

Não é verdade. A arte que não é generosa é uma arte imperfeita.

Mozart soa para os outros. Alguns músicos soam para dentro, egoístas. Mozart soa para fora, nele a música entra e sai naturalmente, como a respiração.

Há artistas assim: a gente fica diante deles ou de sua obra, e diz: como é inteligente, como é hábil. Mas o artista nem a obra dão nada para a gente. Só tomam.

Outros, como Mozart, chegam se expondo, se oferecendo como uma casa, uma paisagem. É a arte para fora, generosa.

Mozart ouvia Mozart o tempo todo.

O poeta é poeta quando não está escrevendo?

O pintor é pintor quando não está pintando?

O professor é professor quando não está ensinando?

Mas quando é que o professor não está ensinando?

Mas quando é que o pintor não está pintando?

Mas quando é que o poeta não está poetando?

Mas quando é que Mozart não está mozartiando?

Como um rio que flui e é rio porque flui suas águas, assim Mozart fluía seus acordes.

Outro dia estava vendo o belíssimo orquidário do João Carlos de Almeida Braga, lá em Petrópolis. Era beleza demais. E pensei: Mozart tinha orquídeas na alma.

Mas se uma orquídea é uma orquídea, é uma orquídea, então Mozart é Mozart, é Mozart. Portanto, tem razão Marcelo Garcia ao recitar o mestre zen diante das flores: "Chega de analogias".

Mozart ouvia Mozart o tempo todo, todo dia.

Entre outras palavras, o amor

Quem sabe o significado das palavras vive mais densa e duplamente. Vive quando vive e vive quando palavreia.

E se amar é bom, saber o sentido da palavra amor é amar mais finamente. Por isto dou um doce a quem me disser de onde vem a palavra amor.

Já sei, você vai pensar: vem do latim *amorem*, significando afeição, simpatia e carinho. Ou, então, vai dizer: não me interessa. O que conta é amar. Amar como minha amiga, com um sorriso incontrolável sobre o mundo, tendo que comprar leques para disfarçar a ostensiva alegria.

Eu morro de inveja de quem sabe o conteúdo das palavras. Sou como a Macabea de "A hora da estrela", quero saber o que está dentro dos nomes. Os displicentes usam as palavras inflacionariamente. E isso é mau, atrapalha a economia verbal e existencial. Os linguistas dizem que a palavra é uma "moeda" comum. Saber usar as palavras, portanto, pode levar alguém a ficar rico. Rico, pelo menos, de significados.

Tenho uns amigos assim, como Antônio Houaiss, Aurélio Buarque e Junito Brandão. A gente lhes serve uma palavra no prato do instante. Eles a tomam na boca e começam a degustá-la. Parecem provadores de vinho: as sílabas percorrem os cantos da boca, sobem ao palato e eles sentem o aroma e a densidade do vocábulo. E assim como os bons degustadores podem dizer a safra e a região de um vinho, eles nos dizem a raiz do vocábulo e suas transformações.

Um dia, por exemplo, aprendi que "trabalho" vem de *tripalium*, instrumento de tortura composto de três paus, uma espécie de cruz. Passei a entender tudo, já haviam me ensinado que "negócio" era a "negação de ócio" e, enfim, descobri que "escravo" vem de "eslavo", desde quando Carlos Magno subjugou muitos "eslavos".

Essas coisas os leitores mais espertos já sabiam. Mas talvez não saibam que a palavra "segredo" tem uma origem escusa. No francês surgiu referindo-se ao quarto secreto (*chambra segreta*), onde as pessoas iam aliviar seus intestinos e bexigas. Daí talvez essa sensação de que certos segredos não cheiram bem aos outros, devendo estar mesmo guardados separadamente.

E "bordel"? Está ligado a "borda", limite da cidade, espaço fora da comunidade onde o sexo enfim é liberado. Se aplicarmos isto a "motel", teremos apenas acrescentado o automóvel para que os amantes se liberem além dos limites permitidos pela cidade convencional.

Até há pouco tempo não sabia que "absurdo" significa "dissonante". Absurdo também é o que não "ressoa", e é daí que vem "surdo". Não quero parecer "erudito", mas essa palavra vem de "*erudire*" (*ex e rudis*), que significa "desbastar", cortar o que é "rude". Um erudito, portanto, deveria ser sempre um sujeito finíssimo.

Muitos sabem que "desastrado" qualifica aquele que está sob os auspícios de um "mau astro". Mas poucos se dão conta de que "cretino" vem da mesma raiz de "cristão". O cristão era aquele que assumia a "loucura" do evangelho fugindo às normas do mundo convencional.

E o amor, que deflagrou essa crônica? Aprendo em Bent Paroli que a raiz da palavra amor é egípcia e não latina. Também nada tem a ver com o "*ama*" grego, embora este signifique "juntos". Os gregos também falam de "*eros*", mas a raiz dessa palavra indica "atividade".

O vocabulário egípcio traz a raiz MR, MRJ. Parece estranho. Os egípcios não usavam vogal. Mas eles escreviam assim e na hora de pronunciar, a vogal aparecia. E o fato é que MR se pronunciava "amer", "amor". Escrita com hieróglifos, a palavra MR era representada por uma espécie de pá ou cavadeira de camponês abrindo a terra. Há um sentido agrário de fecundação cósmica. Amor, então, era como um ato de cultivar a terra.

Não parece, portanto, que seja um ato aleatório. Uma semente jogada ao acaso pode até brotar. É forte a vontade de vida e fértil no imaginário de cada um. Mas o ato de amar, mais produtivo e fecundante, implica a ação, o investimento, o semear cavando e movendo a terra. E para grafar a palavra amor, os egípcios usavam seu alfabeto especial e não o popular, porque sabiam também que o amor é coisa para os iniciados.

Resistir através da beleza

Há uma hora em que você se diz: estou cansado, exausto dessas misérias e conflitos cotidianos, quero paz! Ou melhor, quero livrar-me disso tudo e dedicar-me à beleza. A vontade, então, é dizer: vou-me embora para Siena ou para Pasárgada, que lá não apenas sou amigo do rei, mas lá tem beleza à vontade para confortar nossos olhos.

Ficar em pura contemplação daqueles mestres renascentistas em Florença ou Veneza ou, então, internar-se na sala dos pintores impressionistas do Metropolitan de Nova York ou do Louvre. Ficar ali olhando aquele mundo de cores onde o drama humano se retempera na arte. Entendo o que Fernando Henrique deve ter sentido lá no Hermitage em São Petersburgo, desfilando demoradamente diante daqueles quadros famosos. Recreie sua alma, presidente, armazene energia pelos museus do mundo, porque aqui a coisa continua feroz e suja.

Drummond dizia que queria fazer um soneto duro, mas tão duro que não desse prazer a ninguém. Era meio sistemático, o poeta. Não sei que prazer ele ia sentir nisso. Quanto a mim, eu queria agora, neste momento, era fazer uma crônica que abrisse uma clareira de alegria na minha e na sua alma, em nossas alminhas tão maltratadas pela feiura moral e física do mundo.

Como está feio esse mundo ao nosso redor, especialmente nesta cidade que doloridamente amamos. Por isso, queria uma crônica que irrompesse luminosa, ainda que por dez minutos de leitura em sua vida. Dez minutos de beleza por dia já nos salvariam. Dizem os especialistas que o riso é necessário, que, se todos dessem pelo menos uma boa gargalhada por dia, teriam melhor saúde. Pois que tratem de medir o efeito da beleza sobre a saúde das pessoas.

Agora, por exemplo, interrompi a escrita desta crônica. Precisava me abastecer de beleza para poder ir enfrentando o horrendo, então procurei aquele concerto para violino de Mendelssohn, e me pus a ouvi-lo por alguns minutos. Se isso fosse pouco, ia me levantar e contemplar um inseto qualquer no jardim a alimentar-me da pequena beleza que habita na sua vida mínima.

Temos de nos expor à beleza, procurá-la, colocá-la em nossas vidas, porque eles estão querendo o contrário. Por exemplo, eles estão tentando borrar o nosso cotidiano. Começam com as notícias ao amanhecer e encerram com as notícias ao anoitecer. Uma tragédia atrás de outra, querendo nos sequestrar para o horror.

Se eu dissesse que o crepúsculo está coalhado de sangue, iam dizer que isto é uma banalidade, que só um mau escritor assim escreve. E, no entanto, o crepúsculo está coalhado de sangue. Não só o crepúsculo. Também a alvorada. Outro lugar-comum que Shakespeare e Lorca, para não falar em Paulo Mendes Campos e Vinicius de Moraes, revisitaram com força denunciadora.

Outro dia estava falando para os estudantes da Universidade do Vale do Itajaí. Queriam saber tudo. E a gente, que não é mais jovem, responde, não porque saiba, mas porque aprendeu a responder o irrespondível. E indagavam, por exemplo, sobre esse exercício de escrever crônicas para o jornal, queriam saber de onde vinha a poesia, como é que surge essa coisa chamada inspiração.

A crônica tem de ser achada no interior do cronista, dizia eu. Não adianta querer escrever sobre o que não se sente, desconversar, tapear. E certos temas se impõem. Eu, por exemplo, queria era compor aqui aquela crônica que fosse um rasgo de beleza nessa atmosfera de compacto medo em que vivemos. Porque, como lhes disse, eles estão tentando borrar nosso cotidiano. Não bastassem a inveja, a traição, a maledicência que se infiltram nas conversas telefônicas, nos papéis do escritório e na mesa de trabalho, eles, os cavaleiros do caos, estão jogando cadáveres nas portas das delegacias, que já constroem muros e guaritas para se defenderem como se fossem postos avançados no deserto à espera da invasão dos tártaros.

Estão tentando nos afastar da beleza e, para isto, nos assaltam nas esquinas, matam um de nós de quando em quando ao mesmo tempo em que os presídios e reformatórios se incendeiam enlouquecidos. Enfeiam tudo, corrompem as urnas e os tribunais.

Estão querendo nos aprisionar na feiura e deixam ou estimulam que as favelas cresçam como chagas, como câncer sobre a pele da cidade e não sabem o que fazer com a mendicância exploratória que germina nos sinais de trânsito e nas esquinas.

Há que tornar o dia mais harmônico em meio ao caos. A começar pela própria roupa e a mesa de trabalho. Introduzir mais harmonia nos gestos, e, como um japonês com o seu ikebana, procurar a harmonia nas flores da sala, ritualizar até mesmo na maneira de dispor a comida no prato.

A beleza alimenta.

Há que buscar a beleza onde ela pode e deve estar, que a beleza talvez seja a última forma de resistência, quando os que deviam punir não punem, quando os que deviam governar não governam.

Além do mais, conviver com a beleza de ontem e hoje é não só uma maneira de limpar o cotidiano, mas uma forma de habitar a eternidade.

Pele de verão

A culpa é do verão, que já começou se despindo ou despedindo da primavera que ainda não terminou. Uma sensação luminosa no ar, uma vontade de sair expondo a pele, o corpo, a alma, colhendo com a boca o beijo ou sorvete a derreter-se no gosto do instante.

A culpa é do verão, que nos desdobra em esquinas e faz aflorar no imprevisto o sorriso, os olhos esgarçados de luz florentina, uma promessa de gesto e um possível roçar de almas sobre as areias da tarde.

É do verão a culpa. Há uma profusão de cores na nudez do dia, que, eu diria, os corpos são bandeiras. Adejam, desfraldadas num mastro de desejos. As roupas são pequenas, diminutas insígnias que ao mesmo tempo vestem-e-despem, mostram-e-escondem num jogo poético, onde, por exemplo, o biquíni é um haikai sintético de cores em relação à avalancha épica dos panos do inverno.

Sim, que o corpo não suportava mais os seus invernos, o guardar-se em timidez atrás dos pelos, atrás da pele, atrás do apelo macio das horas na neblina. Mas não sejamos assim cruéis e ingratos com o inverno. Ele também nos ensinou a amar dentro da concha, da casca, do estojo, da casa na montanha e fez o paladar sorver o tépido vinho, a fondue, o queijo, ouvindo música de câmara entre pinheiros e azaleias vistos atrás dos vidros da janela.

Mas no verão há a revolução da pele, a epidérmica revelação da alma, a estrepitosa ação, a anticalma. No verão, de repente, tudo é cio. Os próprios objetos se procuram e se anunciam. Os automóveis querem copular nas praias, as motos zumbem como abelhas e as buzinas e cigarras alardeiam a festa que trescala em nossos poros.

A pele no verão é outra. É luminosa e louca. Intui faíscas, fagulha mensagens, rebrilha em anéis, pulseiras e colares. No verão, a pele não nos protege, nos denuncia. A pele quer contato, quer sorriso e ato, quer se expor na areia ou mato. Verão é alarde. É o incendiar do corpo de manhã à tarde. E quando a noite vem, jasmins e orquídeas em nós latejam e buganvílias e rosas nos lençóis nos matam.

Já que é verão, acabou-se o limite entre o corpo e o mundo, quebraram-se as barreiras entre mim e ti, entre o não e o sim. No verão tudo é permeável, pervagante, permitido e amorável. O sol descobriu uma maneira de entrar em nossa casa de outro jeito. Entra espalhafatoso, não mais pelas frestas, vem de frente, de trás, despudorado, em festa, depondo a resistência das cortinas e incendiando os objetos da sala.

Nosso paladar quer águas frias, cachoeiras de refrescar copos e corpos, numa espuma que salta a praia e invade o bar. A boca, porque é verão, redescobre modos de morder e amar. Há uma gula de peixes, vontade aquática de abocanhar o próprio dorso do mar. Abraçamos o mundo como polvos e lulas. Comemos, comemos, comemos e depois ficamos modorrentos a contemplar a sabedoria dos coqueiros abanando suas pupilas enquanto namoram o mar.

Um corpo no verão rompeu de vez suas vitrinas. Saiu das caixas, quer se expor a todo arrebatamento. E se ele pousa um instante num motel de espelhos, aí se multiplica em multivisão: não é um, são múltiplos os corpos dos amantes em jubilosa explosão. Duchas e emoções escorrem. O desejo é imperioso e imperial. O corpo reina. Saiu do terra a terra e flutua em altos castelos acima do chão. Desvelou-se o que havia de marinho em nossa mente. As pessoas vão se despindo de si mesmas, como se tirassem escamas e pelos, como se fossem pássaros que desvestissem suas penas e buscassem, num pele a pele com o sol, nova plumagem.

Sabemos que a pele de verão talvez tenha curta duração. Como a vida, está sujeita a equinócios e estações. Quando findar o verão, não mais passaremos óleo em nossas peles, nem seremos tão frugais e humanos em nossa humana vadiação. Mas uma lição ficará: as peles, como as roupas e as flores, se refazem a cada dia, a cada amor, a cada estação. Deixaremos nas praias, bares e camas a pele na metamorfose do coração. Outro verão nos dará pele nova. Saber vivê-la é certamente morrer um pouco, que sempre se vive e morre quando irrompe a paixão.

Mas trocar de pele faz parte da solar transformação.

Esgoto comportamental

Expressão feia esta, não é? Incomoda logo de saída.

No entanto, ela pode mais do que muitas outras nos ensinar alguma coisa sobre o problema da violência. Não apenas a violência do outro, mas a violência de cada um.

E começo com uma história em torno de John Calhoun, um cientista americano que em 1958 resolveu fazer uma experiência sobre o fenômeno da violência, usando não seres humanos, mas ratos brancos da Noruega. Vejam bem: não são ratos pretos, mestiços nem tropicais. São brancos mesmo, e da Noruega.

Primeiro ele gastou algum tempo examinando como era a vida normal desses ratos: de que espaço precisavam para viver e reproduzir, o quanto comiam, como se acasalavam etc. Isto feito, partiu para uma observação ao mesmo tempo sádica e científica. Sim, que a ciência tem muito não só de sadismo, mas também de masoquismo.

Resolveu ele alterar por completo a vida dos ratos, submetendo-os a um tipo de vida muito semelhante a esta que temos nas grandes cidades. Resultado: instalou-se o que se chamou de "esgoto comportamental". Ou seja:

uma alteração completa no modo de construir seus ninhos, de se reproduzirem e na sua organização social. E mais: feita autópsia nesses ratos, apresentavam sérias doenças originárias do estresse ou da tensão psicossocial em que viviam.

Por exemplo: antes, os ratos se acasalavam normalmente na época do cio. O rato, então, descobria a fêmea pelo cheiro e fazia-lhe uma corte amorosa, seguindo-a até o ninho. Quando se instalou o "esgoto comportamental", no entanto, em vez de um rato, eram três que perseguiam a fêmea. E a relação erótica, que antes era rápida, apenas três segundos, agora passou para vários minutos, com requintes de sadismo. Pior ainda: devido à superpopulação e à violência instaurada pela desorganização social, os ratos mais ferozes se transformaram em pansexuais: perseguiam não só as fêmeas, mas outros machos. Imediatamente, estabeleceu-se uma relação de força e dominação erótica. E muitos machos, os mais passivos, começaram a não mais sair de casa, evitavam o intercurso social e sexual, ou então só circulavam na hora em que todos os outros ratos dormiam. Além disso, aumentou o índice de mortalidade, de aborto, e as fêmeas começaram a morrer por distúrbios no útero, no ovário e nas trompas de Falópio.

Esse problema foi retomado por Edward Hall no livro "A dimensão oculta", e lá ele está interessado em estudar como cada ser humano ou animal, para sua saúde mental e física, necessita que lhe respeitem basicamente o espaço. E há uma história, da qual ouvi as versões mais variadas e que nos fala agora do "esgoto comportamental" em escala humana: certa noite, a família reunida, irrompe pela casa um ladrão. Entre o pânico estabelecido e o início das conversações entre assaltantes e suas presas, de repente, o ladrão se descuida, o dono da casa se aproveita e domina-o no chão.

Ali, amarrado, o ladrão esbraveja e ameaça o homem dizendo que de nada adianta, que daí a quinze dias estará solto e então vai voltar a roubar, e estuprar a família. O dono da casa, para se certificar, telefona ao delegado e diz: — Aconteceu isto e aquilo, agora o homem está aqui dominado no chão, mas está ameaçando todo mundo e garante que se eu entregá-lo à polícia estará livre em poucos dias e voltará, o que é que eu faço? O delegado:

— Onde o senhor mora? — indagou para se certificar se o lugar era deserto. — Qual o revólver?

— Trinta e oito — o homem respondeu.

— Então liquide o homem, porque ele vai ser solto mesmo e não poderemos fazer mais nada. Mas faça o seguinte — acrescentou o delegado —, lance o corpo num lugar assim assim, que daqui a dois dias eu recolho.

Dito e feito: o estampido rebentou a têmpora do criminoso. A família limpou o sangue da sala e dois dias depois o corpo foi recolhido, conforme o combinado.

Imagino que no dia seguinte o homem saiu normalmente de sua casa, com sua pasta de trabalho, continuou a ir ao escritório e a pagar suas taxas e impostos. Ninguém reconheceria nele um assassino. Logicamente sabemos todos que foi um ato de legítima defesa. Mas possivelmente o ladrão que pulou para dentro de sua casa também estava sendo movido por algumas pressões instintivas de sobrevivência. Em condições normais, poderiam até ter se conhecido, torcido pelo mesmo time ou serem respeitosamente empregado e patrão. Isso, nas condições normais de temperatura e pressão. Mas, quando se instala o "esgoto comportamental", a gente nunca sabe quando está falando de homens ou de ratos.

Ter um ano pela frente

Ter um ano inteiro pela frente, inteirinho, novinho em folha, é como ter um caderno em branco, onde se vai caligrafar. Mas não é só coisa escolar, é tarefa de homem feito ou, se quiserem, de homem duplo, homem-menino, homem-peixe, homem-ave, que abre no azul as asas como o peixe faz sua composição na linha-d'água do mar.

Aliás, se a metáfora é recomeço e a ordem é recomeçar, mais que ovo na sua brancura tenra, o Ano-Novo não é só clara e gema, é hora de navegar. É como Colombo, quando, cansado de estar contido num velho continente, desdobrou seus mapas sobre a mesa e inventou o mar. Por isto, pode-se dizer que entrar nos portos de janeiro é coisa de navegador que parte para o mar alto sem medo de marear.

Mas já que a imagem da água não se esgota, ela ainda está a ondear, posso dizer que entre o trampolim de dezembro e a piscina de janeiro a esperar, tudo lembra o gesto do mergulhador a se atirar. Embora haja os aqualoucos, não se deve despencar lá de cima, aos uivos, destrambelhado, como se nos empurrassem súbito, sem avisar. Entrar nas águas de janeiro não é bem um salto às cegas, é lição de penetrar. Pode até, ao contrário, ser um instante ornamental, um risco estético no espaço a encantar, porque este salto é sempre coisa pública, e o que importa é vir à tona, e a piscina, que é travessia, atravessar.

Ter um ano pela frente não é só coisa que se dá no azul. É jornada de agricultor com o campo pela frente e esse desejo verde de semear. Por onde ele passa começa algo a florescer. E assim se pode dizer que dezembro é o mês em que se avalia quem soube arar. Mas posso também dizer que há muito de culinária no gesto de recomeçar. Ali na mesa ou calendário, estão os meses e as panelas, as semanas e os produtos, os dias e os temperos, aguardando que, no fogo do instante, cada um saiba regular a chama, testar o sabor daquilo que vai servir aos outros e a si mesmo alimentar.

Se eu dissesse que janeiro é mês de quem quer pintar, significaria que é quando o pintor recolhe as tintas do crepúsculo do que em dezembro era sol e se afogou no mar. Janeiro, então, é moldura, a tela branca provoca o pincel, como o arquiteto sabe erguer na folha branca o espaço onde morar.

Entrar em janeiro, por exemplo, não é coisa de preguiçoso ou desatento obrando sempre modos de enganar. Entrar em janeiro é coisa de quem avança, quem quer descortinar. Diria que é coisa de milionário, mais que operário, porque em janeiro há uma reserva imensa onde sacar. É coisa para investidor. Mas não esse investidor barato que vive da usura das horas. Falo do investidor que investe seu corpo e sonhos, como se entrar em janeiro fosse, antes de tudo, um ato de amar.

Ter um ano inteiro pela frente é o sonho de todo legislador. É como se houvesse um país novo a inaugurar e se pudesse refazer a lei geral e a particular, decretar as manhãs de azul de abril, estabelecer parágrafos para a primavera não findar e poder, em certos meses, revogar o que de escuro e insidioso quer na lei dos dias se infiltrar.

Ter um ano inteiro pela frente, eu lhes digo, é coisa para o melhor amante. É coisa para aquele que de novo se fez macio e doce, como se pela primeira vez fosse, de fato, amar. Olha-se o corpo da amada pela visão de seus janeiros. Os fevereiros de seus olhos conclamam a boca, que se abre em dedos e março já com a urgência de abril. As mãos vão deslizando sobre as colinas de maio. Em junho começam a cair as roupas pelo chão, mas revogando o inverno, entre perfumes e hálitos de julho, beija-se o seio de agosto, penetra-se a primavera de setembro e um suspiro rubro arfa em pleno outubro, escala a garganta de novembro num gemido e se desmancha em gozo num lençol de mel quando é dezembro.

Entrar em janeiro é coisa para quem cansou de rastejar. Por isto não é mês de répteis, mas de quem sabe saltar caprino, capricórnio como quem quer voar. É coisa de quem tem asas. Por isto, em janeiro a lagarta se esforça, ela sabe que é hora de se metamorfosear. Janeiro, a rigor, é quando as peles rotas de dezembro se transformam em duplas asas para quem quer recomeçar.

Estátua aos namorados de outrora

Vocês que têm 15 ou 20 anos e que estão namorando e que se pegam e se beijam e se abraçam e fazem carinhos um no outro publicamente, cumprindo o ritual de acasalamento, deveriam parar um instante, organizar-se politicamente e propor que se erigisse uma estátua a seus pais e avós, como mártires na longa história da liberação erótica e amorosa. Vocês não têm ideia de como esse negócio de namoro já foi uma coisa complicada.

Alguém vai dizer: "Era bem mais romântico!", e eu vou retrucar que era inutilmente complicado e muito mais neurótico.

Hoje é diferente. O jovem de 15 anos chega em casa e traz a namorada para dormir com ele. Entra pela sala, cumprimenta os pais e a família, troca uma ou outra palavra e acabam se enfiando no quarto onde conversam, veem televisão e passam a noite juntos.

Não, não foram ao motel. Para que gastar dinheiro nisso se em casa é mais seguro e mais tranquilo fazer amor com beneplácito dos pais?

No máximo, o pai ou a mãe, às vezes os dois juntos, indaga se os pombinhos praticam o uso da camisinha ou da pílula. E, se pintar uma gravidez por descuido, a família vai acabar conversando com o casal e pode-se, num fórum familiar, decidir pelo aborto. Um aborto com o mínimo de trauma, sem que a adolescente tenha de recorrer a clínicas ou salas infectas de subúrbios, com risco de vida.

Por outro lado, se a menina quiser partir para aquela de mãe solteira, a família ainda é capaz de ajudá-la a sustentar-se e ao bebê até que ela possa terminar seus cursos e arranjar um emprego.

Há uns trinta anos isso era impensável. Tudo era um drama e, às vezes, uma tragédia. Recapitulemos como era para que os jovens hoje pensem naquela estátua em homenagem aos seus pais e avós intitulada Aos Heroicos Amantes de Outrora.

Primeiro, aquele era um mundo em que os filhos se dirigiam aos pais chamando-os de "senhor" e "senhora".

Palavrão em casa, nem pensar. E as gírias eram comedidas, reguladas. E, como a virgindade era uma norma, masturbava-se. Masturbava-se muito naquele tempo. Não como hoje, em que os manuais e as clínicas amorosas ensinam a masturbação (sem pecado), como forma de aproximação e entrosamento. O que os confessionários dos colégios católicos ouviam era uma interminável história disso que se chamava de "vício solitário".

Os jovens não tinham ocupado os espaços sociais e, portanto, a noite para eles terminava às dez horas. Homem começava a ser homem, ter mais liberdade, só depois dos 18 anos, e a iniciação sexual era vergonhosa e desajeitadamente feita com alguma serviçal ou prostituta. O rapaz se esfregava na namorada pelos portões ou jardins e depois ia para uma coisa que se conhecia por nomes esquisitos — "prostíbulos" e "bordel". A moça, por sua vez, ardia seus desejos insones. As que ousavam reivindicar seus direitos ao prazer, moderníssimas, poderiam terminar "malfaladas". E os homens, educados para a calhordice, quando reunidos na confraria dos machos, revelavam quais as meninas que "davam" e contavam suas safadezas.

Tinha gente que, já noiva, namorava na sala (acompanhada) e quando ia até o portão era vigiada, porque de um beijo na boca, pensavam alguns pais, poderia decorrer o fim súbito da virgindade. Então, quem tinha carro era felizardo, e quem ostentava uma *garçonnière* era potentado, que às vezes partilhava com amigos a chave. Mas mesmo assim era complicado, porque havia o porteiro sempre impedindo a entrada de moças desacompanhadas. Como não havia motel, os mais ousados resolviam se encontrar em hotéis, mesmo. E aí começava o planejamento, como se fosse uma operação de guerra. Primeiro, era preciso inventar desculpa para afastar-se da família. Depois, tinha-se de arrumar uma mala qualquer, encher de jornais, comprar até mesmo aliança nas Lojas Americanas, para que o porteiro do hotel não suspeitasse de nada. E suspeitavam sempre.

Vejam bem que não estou me referindo a uma época muito distante. Não estou falando do fim do século XIX, quando ainda havia códigos fixos de aproximação entre os amantes e eles primeiro passavam um tempo se flertando, emitindo sinais com lenços, se mandando bilhetes e cartas, ou quando a mulher ficava debruçada à tardinha na janela à espera do príncipe que passasse a cavalo. Estou falando de ontem. Daquilo que seus pais viveram.

E, se querem saber mais, porque numa crônica só não cabe e cada um tem histórias únicas e engraçadíssimas, façam o seguinte, meus jovens amigos e amantes: antes de ir para o quarto com sua gata ou gato, deem uma paradinha na sala e perguntem aos coroas como era namorar no tempo deles. Perguntem. Garanto que vão todos se divertir muito.

Claro, é muito engraçado hoje, a distância. E, depois de ouvir, não se esqueçam: mobilizem as ONGs e o prefeito da sua cidade e ergam aquela estátua. Porque nós, os namorados de antigamente, a merecemos.

Uma sessão de cinema

Estamos nesta sala escura, um cinema. Parece uma coisa banal, tanto nos acostumamos a isso. Mas desautomatizo essa banalidade pensando: que coisa estranha! Entrei aqui, assentei-me ao lado de gente que nunca vi nem verei jamais. Fiquei aqui umas duas horas, no escuro, olhando para uma tela iluminada na qual se projetavam figuras e cenários. Desliguei-me de tudo, emocionei-me, cheguei a chorar ou a me excitar com as cenas de amor, agora a luz se acendeu, vou levantar-me como se tivesse saído de uma viagem, de um túnel, de um sonho. Vivi, com uma intimidade quase total, algumas cenas e emoções ao lado de gente que não conheço e que se emocionou ao meu lado sem nenhuma inibição.

Que estranha intimidade nos oferece o cinema! Que grande e quase silenciosa dinâmica de grupo! Poderia dizer que isso também ocorre com o teatro. Ocorre. Mas a plateia fica um pouco mais iluminada. Depois, o fato de no palco haver gente de verdade já funciona como uma atenuante. Emocionar-se diante de alguém que está vivendo, ainda que teatralmente, um drama, é mais desculpável.

No cinema, não. Aquilo é um teatro de sombras. E, no entanto, que magia!

Também nos concertos e outros shows isso ocorre. Mas aí há algo parecido com o teatro. É tudo coisa de carne e osso e ainda mais iluminado. Portanto, tenho de voltar minha conversa para o cinema, no qual a câmara escura nos revela o interior.

O fascínio já começa na entrada da sessão. Antigamente os cinemas tinham um ar de palácio, com mármore e luminárias dependuradas, mais as cortinas e uma preparação musical para o filme. Era um ritual completo. Hoje isso está se reduzindo e se modificando. As salas de exibição parecem grandes caixas escuras sem nenhum requinte de decoração.

Mas a magia persiste.

Eu diria que algo começa a suceder já na fila. Quando se trata de um filme muito anunciado, desses para os quais a gente tem de sair cedo para pegar lugar na fila, a tensão simbólica aumenta. O imaginário de cada um começa a funcionar, e ver a fita se torna gênero de primeira necessidade, de uma premência fabulosa.

O cruzamento daqueles que estão saindo de uma sessão com aqueles que ainda vão assistir ao mesmo filme é uma cena curiosamente desnivelada. Os que vão entrar ficam farejando no rosto, nas expressões faciais dos que saem, alguma confirmação de que o filme é mesmo bom. Quando ele é bom, os que saem têm um ar de superioridade, como se tivessem tido acesso a uma revelação. Quando é ruim, ficam com um ar de desânimo comunicativo.

Lá dentro, no entanto, assentados estamos. Gostava eu muito de um amplo cinema — o Cine Central, que havia em Juiz de Fora, onde as luzes de cores diversas iam se apagando num show cromático enquanto se tocava a abertura da "Cavalleria rusticana" de Mascagni. Emoção pura.

O filme agora vai começar. Começou e já embarcamos. Confesso que, quando certos filmes estão a ponto de me provocar um enfarte, faço uma coisa covarde, que o escuro me permite: penso — calma, isso é apenas um filme. Aquilo ali são sombras se mexendo sobre uma tela. Começo então, fingindo naturalidade, a olhar para o lado para constatar que não estou na tela, senão no auditório, sentado pateta e pateticamente, entre um punhado de gente que olha fixamente para a tela.

Nesse momento acho todo mundo ridículo. Tenho vontade de dizer: espere, gente, é tudo um truque. Mas se o fizesse, de nada adiantaria. Ao contrário, seria linchado pela multidão hipnotizada.

Por isso, tendo respirado inutilmente um pouco de realidade, volto à alucinação da tela e mergulho no claro-escuro e nas cores do inconsciente coletivo.

Filme bom é aquele que nos sequestra totalmente do real, o que nos faz soltar exclamações, suspiros, mexer pernas e mãos, nos faz mudar de posição na poltrona e até, sem querer, nos faz agarrar o braço desconhecido ao lado, como acontece nos aviões quando a gente pensa que vai cair.

Terrível, por essas razões, é ir a uma sessão de matinê, que estranhamente não é de manhã, senão à tarde, na verdade, uma vesperal, nome em homenagem à estrela Vésper. Quantas vezes saindo da sala escura levamos o choque da claridade das pessoas andando pela rua na sua trivialidade descolorida. Isto, sim, é cair na real. Por isso gosto menos de sessões da tarde. Aliás, gosto, mas acho que deveriam dar óculos escuros para a gente voltar para casa. Quando a sessão é noturna, há uma continuidade entre a fantasia e a escuridão das ruas. Nisso a segunda sessão é a mais conveniente.

No cinema, naquele íntimo convívio de imaginários na escuridão, quando todos estão olhando a tela, com o coração batendo e os olhinhos luminosos, penso sempre: vamos todos morrer um dia. Estaremos todos deitados. No escuro. Como aqui. A vida talvez não tenha passado de uma sessão de cinema. Vimos juntos algumas imagens e nos emocionamos. Mas a sessão acabou.

Que filme passam na eternidade?

Momento de perfeição

A frase me veio da cena de um filme americano. Cena simples. Um rapaz loiro está pescando num rio. Seu pai tira uma foto no exato momento em que ele exibe, sorridente, o rútilo peixe obtido. Considerando aquele momento contido dentro da foto, o outro irmão diria mais tarde: "Aquele foi um momento de perfeição".

A cena foi simples, como já disse. Mas a frase que a fixou ficou ressoando em mim, buscando exemplos assim simples e fortes de perfeição.

A primeira sensação foi a de que desperdiçamos os momentos de perfeição ao não os perceber. Ou melhor, ao fingir que não os percebemos. Na verdade, há que afinar a sensibilidade para captar os momentos inteiros, redondos, impecáveis. Impecáveis, significando sem manchas; redondos, porque têm a figuração da completude; inteiriços, porque nenhuma das partes que compõem o todo parece desvinculada e sem sentido.

Por exemplo, um jantar a dois num terraço, à luz de velas. O vinho na pequena mesa, junto à comida refinada. As árvores serenas em torno. As estrelas sobre as montanhas. E ao fundo, um concerto barroco. Esse é um momento de perfeição. Longe ficou o ruído da cidade, a violência que deixa a alma eriçada, o combate entre as neuroses humanas.

Há momentos de perfeição espalhados mesmo no dia a dia mais atroz. Certa vez, vi um casal se beijando ao meio-dia no canteiro que separa as duas pistas da Avenida Presidente Vargas. Vê-los tão entregues um ao outro, alheios às buzinas e à curiosidade, além da inveja, deu-me essa sensação de unidade que só têm as coisas quando estão repousadas em si mesmas.

No meio de uma cirurgia pode ocorrer o corretíssimo momento da perfeição, quando o gesto perfeito comanda os instrumentos como, num concerto, o maestro.

Um cavalo galopando. Um inseto na grama. A filha correndo com seus cabelos loiros no gramado. Um raio de luz sobre a flor na jarra, aquele barco a vela na linha do horizonte. O voo da gaivota e depois o mergulho certeiro sobre o peixe que volta aprisionado no seu bico, ou aqueles gestos que os mágicos fazem no palco, desembrulhando espantos aos nossos olhos, são instantes em que não há excessos — perfeitos.

Mas esses, devo reconhecer, são exemplos comuns, fáceis de anotar, como certos crepúsculos de Ipanema no verão, em que num momento exato o sol se põe e, extasiados, os banhistas o aplaudem. Mas pode ocorrer que essa percepção venha, de novo, de uma simples cena, no seu próprio quarto ou escritório. Essas canetas e lápis sobre a mesa e a prancheta. As fotos e os recortes na cortiça.

Os livros, os objetos pessoais e uma súbita sensação de que a vida está plena, que a casa está em paz.

Talvez alguém diga que o momento de perfeição é uma questão de ponto de vista. Há um ponto de vista interno. A gente é que confere a cenas alheias esse atributo. É mais ou menos como acontece nos anúncios de cigarro ou cartão de crédito: um casal correndo na areia da praia para se encontrar e se beijando ao pôr do sol ou os namorados sentados num restaurante em Veneza.

E há o ponto de vista interno, os pequenos e rápidos momentos de perfeição que cada um vive consigo mesmo. Por outro lado, o que é perfeição para um pode não ser para outro. Imagino Picasso satisfeito diante de um de seus quadros e imagino alguém que olhasse o mesmo quadro com certo horror.

Então, eu diria que é necessário desenvolver a sensibilidade para certos momentos de perfeição menos óbvia. Talvez esteja exigindo muito, porque mesmo para o instante de maior esplendor de uma flor, muitos estão desatentos. O que dizer então do momento de esplendor da filha ou da mulher ou até do amigo?

Sim, as pessoas têm momentos de perfeição. Às vezes, nem se dão conta disso. Já vi pessoas caminhando em pura luminosidade pela praia. Ou, então, às vezes, um certo perfil num restaurante ou num teatro. Em Tracunhaém, lá em Pernambuco, vi uma artesã sentada no chão pobre da sua casa fazendo uma bela escultura de barro: era de uma comovente perfeição. O momento de esplendor de uma pessoa, no entanto, nem sempre é aquele em que ergue um troféu. Pode ser aquele em que, distraído na varanda da casa ou da fazenda, passa em revista sua vida interior.

O mundo é tão feio, conforme se vê no caráter de certas pessoas e nas notícias de tevê. A vida é tão difícil, como se constata nos salários e nas pessoas que não respondem sequer a um "bom-dia" gratuito e saudável que lhes damos. Há gente no comércio como piranhas mordiscando nosso dinheiro, pivetes querendo levar nosso tênis e anel, tanta coisa ruidosa e ruinosa no desconcerto do mundo, que se torna urgente, cada vez mais, pesquisar e fixar dentro e fora de nós os delicados e raros momentos de perfeição.

A vida por viver

Vou falar de uma coisa simples e difícil de obter. A liberdade de administrar o próprio tempo. Isso pode não parecer interessante, muito distante para você, cara-pálida, que está tomando café, apressadamente, dirigindo engravatado o seu carro e entrando no gargalo do dia já com a alma engarrafada. Além disso, alguém pode dizer: "Tanto assunto interessante, crimes, eleições e esse cronista nos vem com essa coisinha tão subjetiva?"

É o seguinte: você passa a vida inteira entre as paredes de um escritório, fábrica ou qualquer lugar que condensa o seu trabalho. Passa lá oito ou dez horas por dia. Quando não está lá, também lá está, porque o escritório é o centro, o fulcro, o olho do furacão de sua vida. Você está em Cingapura, mas sua secretária lhe mantém preso telefônica e umbilicalmente por um fio. Você está atado a esse espaço por meio de cordões invisíveis, no fundo não vai ter mais de dividir a cela ou a sala de trabalho na galé comunitária de uma empresa.

Também não vai ter de acordar com a alma maldormida e amarrotada e sair correndo para pegar o avião, porque se não estiver na tal reunião o mundo vai acabar. Bobagem! Vaidade das vaidades! As reuniões e o mundo passam muito bem sem você. Você é que não pode passar mais tempo sem você mesmo.

Portanto, que alívio não ter de regressar desses aeroportos, de onde os executivos de noitinha vêm todos meio cinzentos, com aquelas pastas pretas e a alma marrom dentro dos ternos amarrotados, razão por que têm de pedir à aeromoça algumas doses de uísque para relaxar os músculos e os remorsos.

Há de se ter coragem para ser livre. Porque se libertar também dá trabalho. Poder reorganizar seu próprio tempo e espaço é um privilégio que exige técnica especial; senão, de repente, você se surpreende entrando numa gaiola novamente. E essa liberdade implica várias descobertas. A primeira é a do próprio corpo. Corpo não foi feito para ficar de gravata e sapato o dia inteiro, atrás de uma mesa cheia de papéis e com uma parede de vidro na frente. A outra descoberta é a do espaço da própria casa. Redescobrir suas potenciais necessidades como as de um corpo. Reabitá-la, refazê-la, ampliá-la dentro de você. E começar, finalmente, a fazer o que realmente sempre quis.

Logo se inicia também a redescoberta de sua rua, de suas esquinas, de seu bairro, e você começa a olhar as pessoas como habitantes e não mais como transeuntes.

Se quer ir ao cinema às três da tarde, vá. Se quer sair para tomar sorvete às cinco, vá. Você vai acabar redescobrindo uma certa luminosidade que as manhãs ainda têm e que a tarde tem mais mistérios do que o pôr do sol pode nos pintar.

Ah! Gravata sufocante!

Ah! Paletó jogado sobre o assento ou carregado na mão naqueles dias de verão tórrido!

Ah! Papéis e problemas na mala!

Ah! Vida atada à morte lenta e burocrática, adeus!

A vida está aqui fora, nas ruas da cidade, na casa redescoberta e no corpo que, solar, assume calmamente a vida por viver.

Casada, amando outro

Aquela mulher ali, em meio a esta reunião social, tem um amante. Amante: palavra que já derramou sangue e até os anos 1930 era proibida nos palcos brasileiros, conforme revelou, há tempos, Procópio Ferreira.

Mas o que me leva a achar que ela tem um amante, se não sou seu marido, não sou sua melhor amiga e, a rigor, a estou vendo pela primeira vez?

Talvez seja isto: quando as pessoas estão amando, os outros percebem. Aliás, quando estão desamando também. Certa vez vi uma amiga atravessar a Av. Atlântica às três horas da tarde e dirigir-se a um cinema, que hoje não existe mais. Não sei se era o jeito de ir sozinha, havia nela alguma coisa que me fez chegar em casa e comentar: acho que fulana está se separando. Daí a dias veio a confirmação.

Uma vez uma amiga me disse: "Antes que eu soubesse que estava grávida, percebi que algo amoravelmente diferente acontecia comigo: os homens me observavam mais e até me cantavam".

É que uma mulher amada é uma fêmea que se denuncia e alicia outros amores entre os machos na campina.

Deve ser isto: para mim, aquela mulher ali no terraço, nesta festa ao entardecer, está exalando amor, um secreto e doce amor. Se alguém encostar o ouvido nas paredes de sua alma, ouvirá que ela canta. Há alguns meses já não é a mesma. Uma parte do mundo se acrescentou a ela. De algum modo ainda está perplexa com a situação, mas não chega a estar ansiosa. O que a intriga, por outro lado, é que de algum modo também ama seu marido, ou, pelo menos, não pensa em separar-se nem em afastar-se dos filhos. Se um anjo do Senhor com uma espada baixasse dos céus e lhe dissesse: "Escolhei aquele com quem deveis ficar", seria um suplício, pois, no fundo, ela sabe que são coisas diferentes. E necessárias. "Por favor, Senhor", ela vai rezando enquanto se dirige ao balcão e olha o mar, "não me obrigueis a esse esfacelamento, ensinai-me antes a coabitar com minha ambígua felicidade".

Não me perguntem como, quando, onde ela se encontrou com o amante pela primeira vez. Se foi após uma reunião de trabalho, durante um congresso ou às três horas da tarde num motel. O fato é que aconteceu depois de um misterioso desenrolar de vontades e curiosidades. Foi estranho voltar para casa naquele dia. E também nos outros. Mas naquela primeira vez, sobretudo. Já não era a mesma pessoa e a casa parecia a mesma. Não, a casa também já não era a mesma: os móveis e os objetos a olharam diferentemente: ela era uma mulher acrescida de algo indizível.

Havia qualquer coisa de culpa, é claro. Como evitar isto que nossa cultura cultiva furiosamente há milhares de anos, maldições e assassinatos? Mas o que era consciência culposa aos poucos se transformou numa culpa corajosa.

No primeiro encontro acabou dizendo, não sabe se para si ou para ele: “Sabe, é a primeira vez que me acontece isto desde que me casei”. E ela dizia isto como se desse um presente inadiável. Ela dizia isto com um desamparo tocante, como se fosse um frágil objeto que ao outro caberia proteger.

Foi seu marido que se tornou menos interessante? Teria ele se interessado por outras e com isto começaram a se afastar sem se perceber? O que diziam esses livros ou manuais sobre o amor? O que aconselham? Como justificar-se e não se achar um bicho de duas cabeças, animal de três pernas?

Lembrou-se de uma, de várias amigas que lhe contaram casos de amor que lhes aconteceram em pleno casamento. Algumas falavam disto como se tivessem sido acidentadas. Outras, como se tivessem visto um arcanjo. Lembra que, de uma amiga, chegou a avistar o amante, e vendo-o, assim cruamente passando burguesmente na rua, não entendeu o porquê do arrebatamento da amiga. Era afinal um sujeito comum, como então despertava tais arroubos na outra?

A festa vai transcorrendo. Estou passeando pelo passado, presente e futuro dessa mulher sem que ela o saiba.

Vai esse amor extemporâneo reaproximá-la do seu marido? É apenas um parêntese poético no prosaico da sua vida?

Pode parecer estranho, mas há casos em que certos casamentos melhoraram depois desses episódios. Claro, outros desabaram de vez, outros se complicaram ainda mais, mas há casos de casamentos que melhoraram silenciosamente a partir daí. Sei que isto pode soar indecente, amoral ou sei-lá-o-quê, mas não invento nada, apenas constato. É como se o outro tivesse ido lá fora aprender coisas sobre si mesmo. E nessa questão do aprendizado, seja ele escolar ou amoroso, a gente não aprende necessariamente aquilo que querem nos ensinar, mas aquilo que carecemos aprender.

Ali está ela. A festa continua, já começa a anoitecer, claro que para nós, não para ela, que está num momento luminoso de sua vida. Num momento também delicadíssimo e sem poder partilhá-lo com quem quer que seja. É que certas travessias têm que ser feitas a sós. E são elas que dão sentido à vida, ainda que provisoriamente.

O incêndio de cada um

A cena foi simples. Ia eu passando de carro pela Lagoa, quando vi na calçada uma moça esperando o ônibus com seu jeans e bolsa a tiracolo. Nada de mais numa moça esperando o ônibus. Mas eis que passou um caminhão de som tocando uma lambada. Aí aconteceu. Aconteceu uma coisa quase imperceptível, mas aconteceu: os quadris da moça começaram a se mexer num ritmo aliciante. Já não era a mesma criatura antes estática, solitária, esperando o ônibus na calçada. Ela havia se coberto de graça, algo nela se incendiara.

A fotógrafa veio fazer umas fotos. Estava com o pescoço envolto num pano, pois tinha torcicolo. E eu ali, posando meio frio, fingindo naturalidade, e ela cautelosa com seu pescoço meio duro, tirando uma foto aqui, outra ali, quase burocraticamente. De repente, ela descobriu um ângulo, e pronto: se incendiou profissionalmente, jogou-se no chão, clique daqui, clique dali, vira para cá, vira para lá, este ângulo, aquele, enfim, desabrochou, o pescoço já não doía. Ela havia detonado em si o que mais profundamente ela era.

Estamos numa festa. Aquele bate-papo no meio daquelas comidinhas e bebidinhas. Mas de repente alguém insiste para que outro toque violão. Aparentemente a contragosto, ele pega o instrumento. E começa a dedilhar. Pronto, virou outra pessoa. Manifestou-se. Elevou-se acima dos demais, está além da banalidade de cada um. Achou o seu lugar em si mesmo.

Assim também ocorre quando vemos no palco o cantor dar seus agudos invejáveis, o bailarino dar seus saltos ou o atleta no campo disparar seus músculos e fazer aquilo que só ele pode fazer melhor que todos nós. Isto é o que ocorre quando o instrumentista pega o sax e sexualiza todo o ambiente com seu som cavernoso e erótico. Isto é o que se dá até quando um conferencista ou um professor entreabre o seu discurso e põe-se como uma sereia a seduzir a plateia, como um maestro seduz todo o teatro.

Há um momento de sedução típico de cada um. Quando o indivíduo está assentado no que lhe é mais próprio e natural. E isto encanta.

Claro, esses são exemplos até esperados. Mas há outros modos de o corpo de uma pessoa embandeirar-se como se tivesse achado o seu jeito único e melhor de ser. Digo, o corpo e a alma.

Mas nem todos podemos ser tão espetaculares. Nem por isso, o pequeno acontecimento é menos comovente.

De que estou falando? De algo simples e igualmente comovente. Por exemplo: o jardineiro que ao ser jardineiro é jardineiro como só o jardineiro sabe e pode ser. E que, ao falar das flores, ao exibi-las cercadas de palavras, percebe-se, ele está em transe. Igualmente o especialista em vinhos, que ao explicar os diversos sabores nos quatro cantos da boca faz seus olhos verterem prazer e embalam a quem o ouve com sua dionisíaca sabedoria.

Feita com amor, até uma coleção de selos se magnifica. Se torna mais imponente que uma pirâmide se a pirâmide for descrita ou feita por quem não a ama. É assim que pode uma pessoa entrar na sala e servir um cafezinho, mas sendo aquele cafezinho algo em que ela põe sua alma, ela se torna de uma luminosidade invejável.

Cada um tem um momento, um gesto, um ato em que se individualiza e brilha. Nisto nos parecemos com os animais e peixes, ou quem sabe, com as nuvens. Animais e peixes têm isto: têm trejeitos raros e sedutores, cada um segundo sua espécie. Até as nuvens, como eu dizia, têm seu momento de glória.

Uma vez vi um pintor em plena ação, pintando. Meu Deus! O homem era um incêndio só, uma alucinação. Sua respiração disparou, ele praticamente bufava, parecia mais um cavalo de corrida, indômito, indócil. E sua face vibrava, havia uma febre nos seus gestos. Era uma erupção cromática, um assomo de formas e volumes.

Então é disso que estou falando. Dessa coisa simples e única, quando o que cada um tem de mais seu relampeja a olhos vistos. Quando isto se dá, quebra-se a monotonia e o indivíduo se transcendentaliza.

Pode parecer absurdo, mas já vi uma secretária transcendentalizar-se ao disparar seus dedos no teclado da máquina de escrever. Era uma virtuose como só o melhor violinista ou pianista sabem ser. E as pessoas achavam isto mais sensacional que se ela estivesse engolindo fogo na esquina.

Isto é o que importa: o incêndio de cada um. Cada qual deve ter um jeito de deflagrar sua luz aprisionada. As flores fazem isto sem esforço. Igualmente, os pássaros. Todos têm seu momento de revelação. É aguardar, que o outro alguma hora vai se manifestar.

A corrupção nossa e alheia

A corrupção não é uma invenção brasileira.

Essa é a conclusão (tola e científica) a que cheguei depois de ler dezenas de livros sobre o assunto. O que talvez seja brasileira neste assunto é a incompetência no seu combate.

Por exemplo: os três governos mais corruptos dos Estados Unidos foram os de Grant, Harding e Truman. No tempo de Grant, como disse o senador Paul Douglas, "as ferrovias do país compravam legisladores como se fossem gado". E o próprio secretário do presidente participava da "quadrilha do uísque". Já o presidente Harding, como lembram alguns historiadores, morreu por causa dos escândalos na sua administração. Para fugir à atmosfera desses escândalos, embarcou numa viagem para o Alasca. E para distrair-se, começou a jogar pôquer desvairadamente. O trem seguia e ele seguia jogando por até 15 horas consecutivas. Os assistentes se revezando na mesa de jogo, em turmas que descansavam de três em três horas. Quando a comitiva presidencial chegou em São Francisco, o presidente teve um ataque cardíaco.

Mas Truman teve uma administração ainda mais corrupta. "Nunca houve tanta corrupção praticada por tantos funcionários públicos, em tantos lugares. A máquina arrecadadora de impostos da nação estava infestada de alto a baixo de suborno". Como diz Francisco Bilac Pinto, "Harry Truman, longe de tomar medidas efetivas para aniquilar a corrupção, em alguns casos protegia os culpados, em outros permanecia indiferente ou empregava a máquina da administração para bloquear e desviar os investigadores da corrupção. As fraudes foram reveladas, não por causa da administração, mas apesar dela".

E tem mais. O governo Eisenhower teve inúmeros casos na mesma linha. E o santo Abraham Lincoln, como relata em sua biografia Carl Sandburg, também usou práticas corruptoras, ainda que para conseguir resultados louváveis, como a libertação dos escravos em Nevada.

E para quem não sabia, o governo Reagan já processou 113 membros e assessores, alguns dos quais foram para a cadeia.

E aí é que está o busílis da questão. A corrupção não é uma invenção brasileira. Mas ainda não inventamos como botar na cadeia os corruptos. Esse desalento que sentimos é o mesmo do senador Fullbright, que sobre os escândalos da era Truman, disse: "Escândalos no governo não constituem fenômeno novo. O que parece ser novidade, a respeito desses escândalos, é a insensibilidade ou a apatia com que aqueles que exercem posições de responsabilidade se conformam com as práticas que os fatos comprovam. É sumamente lamentável ter a corrupção no nosso meio, mas o mais grave é perdoá-la ou aceitá-la como inevitável".

Segundo os historiadores, há dois séculos "a Grã-Bretanha era uma cloaca de corrupção". Muitas famílias finíssimas se estabeleceram a partir daí e algumas deram até primeiro-ministro. Alguns dizem que a moralização se deve à Rainha Vitória; outros, à religião metodista criada por John Wesley. O fato é que, orgulhosamente, Paul Douglas diz: "A vida política inglesa hoje é exercida em nível moral relativamente alto. Os servidores civis que fazem andar a administração dos negócios públicos são quase incorruptíveis e as eleições para o Parlamento são conduzidas com um mínimo de suborno, calúnias e afrontas".

E na Rússia?

Quem quiser saber que leia "A kleptocracia — A corrupção na União Soviética", de Patrick Meney, onde há até a tabela de "taxas de corrupção". Autores como Jean-François Revel e Fred Riggs estudam a corrupção nos países do Terceiro Mundo e no universo sindical. E outros, como Michael Johnston, consideram o "custo e benefícios da corrupção" e nos ensinam a "viver com a fera".

Parece, portanto, que todos estão acordes em que a corrupção existe em qualquer época e regime. O que se quer é o "mínimo de suborno". Ou seja: em vez de deixar a fera solta devorando indistintamente tudo e todos, colocá-la na jaula. Mantê-la sob dieta.

E no Brasil?

Aquele entrevero entre o Presidente Sarney e Dom Luciano Mendes deixou uma série de ambiguidades no ar.

Existe ou não existe corrupção? Existem ou não meios de combatê-la? Um ministro chegou a dizer que era muito difícil, porque os corruptos não deixam pista. Será que nossos corruptos são mais hábeis do que os de outros países? Ou será que nossas leis são mal elaboradas? Lei é que não falta. Acabo de descobrir uma ótima: Lei n. 3.502, de Bilac Pinto, que "regula o sequestro e o perdimento de bens nos casos de enriquecimento ilícito, por influência ou abuso de cargo ou função". É de 1958. E gostaria de saber o que fizeram com ela. Por que será que esta lei não "pegou"?

Na espera do amanhã

Vou dizer uma frase banal: sem o mito do amanhã, não existiríamos. Digo, e assumo. Não fora o amanhã e secaríamos à beira dos caminhos, esboroaríamos como um cascalho no deserto. O amanhã é que fermenta o hoje, que fermenta o ontem.

Por que migram as aves sobre os oceanos?

Por que grupos de baleias varam as ondas?

Por que os peixes sobem cachoeiras procurando as nascentes do futuro?

Os animais, as aves e os insetos ao redor nos dão lições de aurora.

Esses periquitos, por exemplo, estão contidos na gaiola. Nasceram presos, mas continuam botando ovos. E toda madrugada cantam, quando eu mesmo estou dormindo como um barco que segue a própria rota.

Ganhei duas crisálidas de borboletas. Aprendi a ver nesses casulos as asas que se desenharão em algum céu.

Seguro nas mãos essas formas vivas disfarçadas de vegetal. Imagino o futuro dessas células. Mas tal imaginação não é um privilégio só meu. No meu quarto, dependuradas num vaso de samambaia, duas crisálidas me contemplam. Elas sabem, mais que eu, a que horas duas estupendas borboletas sairão do útero do tempo para esbaterem contra as vidraças do dia.

A trepadeira no terraço, que avança dois-três centímetros a cada jornada, seguindo o fio de náilon do tempo, me ensina a direção das coisas. O vento sopra pelas costas de suas folhas e ela navega verde na pilastra como uma caravela reinventando o seu concreto mar.

O suicida é o que decretou a morte do amanhã.

O idealista é o viciado que toma o amanhã nas veias, aspira-o com os pulmões, esfrega-o nos olhos e gengivas.

E, no entanto, dizemos: está difícil, a vida está dura, assim não é possível, esse país não tem mais jeito, amaldiçoamos Deus e o diabo, mas no dia seguinte, amarfanhados, caminhamos junto ao mar para saudar a aurora.

A natureza é sábia... Olhai os lírios do campo: eles passam a vida tecendo e fiando o amanhã. E o jardineiro, que parece um perverso podador no presente, tão somente antecipa a floração da vida com suas lâminas de dor.

Em busca do amanhã, as cobras perdem sua pele.

Penas caem na muda da plumagem airosa dos airões.

Cães ladram pressentindo o terremoto, que os homens sequer percebem. Os cães, quando uivam para a Lua, estão à sua maneira saudando o cio das madrugadas.

Não há muro, regime, pesticida contra as baratas do amanhã.

Em busca do amanhã, uma nave passou por Marte e segue agora o rumo de Urano.

Os homens já estão legislando a constituição do amanhã.

E se acabarem com o amanhã aqui, ele continuará com outros seres menos ferozes em outras galáxias, mais humanas, talvez.

É assim que Penélope tecia e destecia seu amor nos fios da madrugada esperando Ulisses atracar na enseada.

É assim que Sísifo — o mais otimista dos deuses condenados — rolava montanha acima sempre a pedra que rolava montanha abaixo.

É assim que Fênix — a fabulosa ave queimada nos desertos da Arábia — renascia das próprias cinzas e cantava transfigurada.

Deus é o renovado amanhã.

O que fazem os amantes pelos bares e praias, pelas árvores de noturnas ruas e nos leitos secretos, senão cumprir um ritual de crença no amanhã?

E o ano mais uma vez termina. E estamos comendo e bebendo as horas que faltam e ansiando por um novo dia. Também são assim os primitivos, quando celebram o potlach. Vão destruindo os objetos, as memórias que ficaram para reinaugurarem um ano novo.

Oh, amanhã! Os que vão viver te saúdam.

Palavras que atrapalham e ajudam a viver

> Mas você sabe que a pessoa pode encalhar
> numa palavra e perder anos de vida?
>
> CLARICE LISPECTOR

Vejam só: encalhar numa palavra. A pessoa lá vai no seu barquinho vida adentro e, de repente, encalha numa palavra. Pode ser: "marxismo", "Deus", "pai", "vanguarda", "revolução", "Paris", "aposentadoria". Algumas palavras são paralisantes. O Brasil, por exemplo, no princípio do século encalhou na "febre amarela". Nos últimos anos reencalhou na "ditadura" e na "censura". Há trinta anos estava encalhado na "inflação". Já conseguiu desencalhar um pouco da "corrupção", mas está difícil desencalhar da "reforma agrária" e totalmente do "subdesenvolvimento".

Os escritores, sobretudo, encalham muito nas palavras. João Cabral se referia a Graciliano Ramos como um homem "com as mesmas vinte palavras girando ao redor do sol". Joyce, com "Ulisses" e "Finnegans Wake", encalhou titanicamente numa região cheia de icebergs. Mallarmé encalhou de tal modo, que achou que a única maneira de se livrar do cerco era explodir páginas, frases e sílabas, quase chegando ao livro em branco — deserto de gelo a que outros chegaram quando também encalharam. No Brasil, três ótimos poetas ficaram trinta anos paralisados, engastalhados em palavras como "Pound, Joyce, ideograma, morte do verso", *un coup des*. Só agora começam a sair desse mar de arrecifes e coral.

Quem leu "O nome da rosa" se lembra que havia lá na biblioteca medieval o texto impossível, envenenado, como o fruto interditado no meio do jardim. É que as palavras, com essa coisa de se plantarem em nossa vida, nos alimentam e nos matam, são remédio e veneno, e, como os produtos de uma farmácia, são drogas que podem matar ou curar. É uma questão de alquimia verbal saber administrá-las. Aurélio Buarque, nosso farmacêutico de plantão, uma vez me aconselhou: "Nós temos que dar oportunidade às palavras". Quer dizer, elas não podem ficar por aí desprezadas no amorfo dicionário, têm que ser desfrutadas, expor seu belo corpo à luz do nosso prazer.

Em algumas línguas e mitos certas palavras não podem sequer ser pronunciadas, pois trazem desgraças. Mas em outras narrativas certos vocábulos abrem grutas, cofres e corações. Sim, algumas palavras ajudam o barco a andar: "esperança, amanhã, utopia". E certas palavras, quando articuladas, são como o segredo do cofre: desencadeiam revelações. Pode-se também passar uma estação com algumas delas, como se pode passar uma temporada num determinado lugar, num certo corpo, num certo amor. Certas palavras são como hotéis: nelas fazemos pernoite, mas outras demandam moradia maior, são grutas ou catedrais que exigem contemplação.

Ler um livro é tomar a palavra alheia, vesti-la, habitá-la por certo tempo. Escritor, no entanto, não é aquele que acumula palavras obscuras num egoísta museu ou cofre da erudição, mas quem as troca na bela moeda da emoção.

Eis um bom exercício: tome um lápis e anote as palavras que paralisaram ou fizeram sua vida avançar. Palavras-coisas, palavras-pessoas. Sobre a vida e sobre as palavras há várias teorias, a escolher. Há quem diga que a vida tem que ser palavras em movimento, aquele *work-in-progress* de que falam os ingleses. Se você encontrar vinte ou trinta anos depois uma pessoa fazendo o mesmo discurso, tenha pena, desconfie, é sinal que a vida dela emperrou.

Com as palavras a gente tem que tomar cuidado. No primeiro encontro nos libertam, depois nos aprisionam. Parecem-se com certo tipo de amor. As palavras, repito, têm caráter ambíguo, sendo veneno e remédio, podem nos dar prisão ou libertar.

Há palavras tão duras de remover, tão duras e montanhosas, que nem com trator, só dinamitando. Mas seus fragmentos podem nos fecundar. E o fato é que um simples "bom-dia" ou "alô" pode salvar uma vida. A psicanálise pretende ser o método da "cura pela fala". Mas também pode se tratar pelo ouvido. As palavras ouvidas também curam. Vejam a mãe soprando o dedinho do filho dizendo: "Já passou o dodói, pronto".

Viver é também a arte de lidar com as palavras.

E como já disse alguém: "As palavras são caminhos para encontrar as coisas perdidas".

Este livro foi composto em ITC Slimbach Std

para a Leya em abril de 2013